감성이 피어나던
　　　삶의
　　　　조각들

감성이 피어나던 삶의 조각들

발행일	2016년 04월 06일		
지은이	김 정 호		
펴낸이	손 형 국		
펴낸곳	(주)북랩		
편집인	선일영	편집	김향인, 서대종, 권유선, 김예지
디자인	이현수, 신혜림, 윤미리내, 임혜수	제작	박기성, 황동현, 구성우
마케팅	김회란, 박진관, 김아름		
출판등록	2004. 12. 1(제2012-000051호)		
주소	서울시 금천구 가산디지털 1로 168, 우림라이온스밸리 B동 B113, 114호		
홈페이지	www.book.co.kr		
전화번호	(02)2026-5777	팩스	(02)2026-5747
ISBN	979-11-5987-000-2 03810(종이책)		979-11-5987-001-9 05810(전자책)

이 도서의 국립중앙도서관 출판예정도서목록(CIP)은 서지정보유통지원시스템 홈페이지(http://seoji.nl.go.kr)와
국가자료공동목록시스템(http://www.nl.go.kr/kolisnet)에서 이용하실 수 있습니다.
(CIP제어번호: CIP2016008292)

성공한 사람들은 예외없이 기개가 남다르다고 합니다.
어려움에도 꺾이지 않았던 당신의 의기를 책에 담아보지 않으시렵니까?
책으로 펴내고 싶은 원고를 메일(book@book.co.kr)로 보내주세요.
성공출판의 파트너 북랩이 함께하겠습니다.

삶 이 고 단 하 고
뜻대로 풀리지 않을 때
이 성 보 다 는
감성의 끈을 잡으세요!

감성이 피어나던
삶의
조각들

김정호 지음

북랩 book Lab

머리말

우주는 시작도 끝도 없습니다. 지구는 무한우주의 한 점에 불과합니다. 우주에 비하면 하찮아 보일지라도 지구는 변천을 거듭하여 왔습니다. 물리화학적인 변화를 하고, 생명체가 나타나 진화를 하고, 사람에 의해 인식의 시대가 되었습니다.

삶의 반경으로 보자면 지구는 상상할 수 없을 정도로 크고 위대합니다. 문명과 문화가 고도로 발전·발달하여 지구촌이 되었습니다. 우리는 앉아서 지구촌 곳곳을 한눈에 볼 수 있습니다. 그렇지만 그것은 지구촌의 일부에 지나지 않습니다.

수십억의 사람이 다양하게 살아가는 삶에는 얼마나 많은 일이 있을까요? 삶이 단순한 것 같지만 한 개인에게는 파란만장합니다. 어떠한 삶을 살았더라도 결과는 유사하다고 할 수는 있지만 그러한 과정에서 느끼는 감정은 남다를 것입니다.

인간이 여타 생명체와 다른 점은 이성과 지성 그리고 감성이 있는 것입니다. 인생에는 수많은 일과 사건이 즐비합니다. 그러한 삶에는 희로애락이라는 감정이 다 들어 있습니다. 어떠한 감정이었더라도 세월이 흐르면 아름답게 채색되어 갑니다. 사람들은 이러한 것을 추억이라고도 합니다.

사람은 이성과 지성으로 세상을 이끌어 가지만 한 개인의 입장에서 볼 때 궁극적으로 감성이 지배합니다. 우리가 외롭다, 고독하다고 할 때 그것은 감성이 있기 때문입니다. 감성은 예술입니다. 사람은 예술을 통하여 감성을 표출합니다. 누구나 가슴 한켠에는 감성의 불씨가 남아 있습니다.

어린 시절에는 감성의 불길이 활활 타올랐는데 어른이 되면 그 불길도 줄어만 갑니다. 세상이 힘들어서, 그런 것에는 신경을 쓰지 않아서 감성은 자연적으로 줄어들고 소멸되는 형국입니다. 내면에 숨어 있는 감성의 추억으로 여행을 떠나고 싶을 때가 있습니다.

누구나 인생이 파란만장한 것 같은데 지난 삶을 돌아보면 한 것이 별로 없습니다. 자신의 인생이 어떠했는지 막상 정리해 보면 쉽게 떠오르지 않습니다. 더구나 감성이 있었던 시절은 잘 생각나지 않습니다. 이는 나이가 들어가면서 감성의 프레임을 스스로 닫아 놓았기 때문입니다. 감성에 관심을 가지지 않으니 감성이 없는 줄로 알고 살아갑니다. 바쁜 일상을 보내다가 잠시 짬이 생겼을 때나 새로운 사물과 색다른 경험을 했을 때 자신의 내면을 들여다보는 정도입니다.

어느 날, 문득 유년시절·고향·그리움 등의 낱말이 떠오를 때가 있습니다. 그때는 몰랐었는데 지금 생각해보면 그것이 진정한 감성의 삶이라는 것을 뒤늦게 느껴집니다. 내 어린 시절, 가을이 오는 어느 날 저녁이었습니다. 농사일을 하시던 아버지는 혼잣말로 "처서도 지나고 이제 가을로 접어들었다"고 합니다. 은은한 달빛과 선선한 바람이 함께 툇마루에 찾아드는 밤, 아버지가 무심코 하셨던 말씀은 그저 일상의 단면일지라도 내게는 삶의 그리움이며 아름다움입니다.

직장생활을 하다 보면 근무지를 떠나 교육을 받을 때가 있습니다. 함께 교육 온 동기생이나 회사에서 알고 지내는 사우들과 저녁 술잔을 주고받으며 허심탄회하게 나누던 이야기는 어떻습니까? 1년에 한 번 만나는 초등학교 동창회에서 지난 시절을 추억하고, 술에 찌들도록 날밤을 보내던 모습은 숨겨진 감성의 불꽃일 것입니다.

사람들은 현재를 즐기기보다 미래를 상상하고 생각하며 살아갑니다. 자신의 삶보다 타인의 삶을 부러워하며 마음은 미래로 가 무언가를 끊임없이 쫓고 있습니다. 또한 현재의 삶에 힘들어하지만 세월이 흐르면 지난날을 회고합니다. 그 어려운 시절도 세월이 흐르면 아름다움으로 채색되어 가지만, 인생의 어느 순간에 감성이 피어나던 때가 있었다면 그것은 진정한 명품의 아름다움일 것입니다.

과거를 추억하고, 현재를 즐기며, 미래를 기대하는 따뜻한 삶을 위해 감성의 조각들을 모아보는 것이 어떨까요? 감성은 바쁘고 힘들게 살아온 삶을 잊게 해줍니다. 잃어버리고 숨겨두었던 감성을 찾고 끄집어내어 온천욕 하듯 마음을 힐링하면, 꽃에 나비가 찾아오듯 그윽한 미소가 다가올 것입니다.

삶을 돌아보면 감성으로 빛나던 추억이나 얼룩이 서려 있습니다. 우리는 무엇으로 살아왔는지 돌아볼 때가 있습니다. 삶은 감성이 있기에 즐거움으로 승화되는 것입니다. 세파에 지친 몸과 마음을 감성이라는 윤활유로 부드럽게 하면 인생이 한결 윤택하지 않을까요?

지난 시절을 돌아보니 내게 있었던 감성의 조각들이 가슴을 따뜻하게 허전한 마음을 추억으로 채워줍니다. 세상이 급격하게 변하지 않았던 시절에, 유사한 환경에서 어렵게 살았던 사람들에게 작으나마 따스했던 감성의 순간들을 공유하고 삶의 향기를 보태드리고자 합니다. 감성으로 물들던 추억들을 돌아보고, 인생의 후반기가 더욱 풍성하게 단풍 들기를 바라며, 더 나은 세상을 꿈꾸어 봅니다.

CONTENTS

제4장 삶을 관조하며

제1장

정감 있는 풍경

새해 해맞이

2014년 청마의 해가 힘차게 솟아오릅니다. 지금 나는 서수원에 있는 칠보산 제2전망대에서 붉은 해를 바라보고 있습니다. 처음으로 많은 사람과 해맞이를 합니다. 새해 해맞이 하는 기분이 어떠한지를 느꼈습니다. 또한 사람들이 새해가 되면 일출로 유명한 정동진·낙산사·마니산·태백산·지리산 천왕봉·포항 호미곶·석굴암·성산 일출봉·거제 해금강 등으로 가는 이유를 알았습니다.

어제 저녁, 다가오는 새해에는 보람차고 활력이 넘치는 생활을 했으면 하는 바람에서 아내와 아들에게 새해 첫날 일출을 보러 가자고 했습니다. 아내는 "어디로 갈 거냐?"고 묻습니다. '칠보산'이라고 하니, 반응이 신통찮습니다. 아들은 "그냥 해보는 소리지요?"하며 시큰둥합니다.

스마트폰의 6시 알람과 동시에 눈을 떴습니다. 동절기 6시는 아침이라기보다는 새벽입니다. 물상들은 어둠에 잠들어 있고 수원에서는 해가 7시 45분경에 뜬다고 하니 그렇습니다. 창밖을 보니 희미한 가로등불만이 빛날 뿐 캄캄합니다. 날씨가 추우니 움직이기가 싫어집니다. 그렇지만 어제 저녁 가족에게 한 말이 있으니, 가지 않으면 새해부터 실없는 사람이 되겠지요.

6시 20분에 홀로 집을 나섰는데 칠보산 초입에 도착하니 6시 40분이 되었습니다. 사방은 어두우나 익히 가본 길이라 랜턴을 켜지 않고도 등산로를 따라 올라갈 수 있습니다. 제1전망대로 다가가니 하나 둘 사람들이 보이기 시작합니다. 전망대 주변에는 많은 사람이 추위에도 아랑곳없이 먼동이 터오는 동녘 하늘을 응시하고 있습니다. 해가 떠오르자면 한참 기다려야 될 것 같아 다시 제2전망대 쪽으로 산행하는 셈 치고 갔습니다.

이게 웬일입니까? 칠보산 능선 군부대 옆을 지나는데 부대 안에도 해맞이 온 사람들로 가득합니다. 군부대는 일 년 중 오늘만 개방하는 것 같은데, 사람들의 표정을 보니 날씨는 춥지만 세상이 참 따뜻합니다. 제1전망대 쪽으로 내려오는 사람들도 줄을 이었습니다.

드디어 제2전망대에 오르니 발 디딜 틈이 없을 정도로 사람이 많습니다. 여태껏 칠보산에서 본 가장 많은 사람입니다. 평소 주말 등산객의 열 배가 넘으니 놀라지 않을 수 없습니다. 어른, 아이 할 것 없이 인산인해입니다. 대부분이 가족과 함께 온 것 같습니다.

사람들은 힘차게 솟아오를 해를 기다리며 어떤 소망과 다짐을 할까요? 한 사람 한 사람에게 물어보지 않아도 다 알 것 같습니다. 공통적인 소망은 가족의 안녕과 행복을 빌었을 것이고, 새해 다짐은 각양각색으로 강한 신념과 힘찬 열정이 담겨 있었을 것입니다. 해를 기다리는 눈빛만 보아도 대단하고 야멸찬 새해의 각오가 드러납니다.

아, 새해 해맞이하는 기분이 이런 것이구나! 난생처음 지천명의 나이를 지나 느꼈으니 후회가 막심하고, 무지의 소치를 깨달았으니 얼마나 한심합니까? 그전에는 일 년 내내 해가 뜬다고 생각하니, 매일 보는 해가 그 해이고 그 해라고 말입니다. 새해 아침에 붉게 떠오르는 해는 다릅니다. 많은 사람과 함께 보는 해는 분명 차이가 납니다. 이 기분이 얼마나 갈지는 모르지만 정말 세상이 밝고 삶이 아름답게 보입니다.

드디어 해가 떠오릅니다. 동녘 하늘을 붉게 물들이며 얼굴을 내미는 해는 아기가 포근한 이불 속에서 막 깨어나 방긋 웃는 모습입니다. 해는 저 멀리서 밝음과 따사로움으로 사람들에게 다가오고 있습니다. 해돋이를 맞이하여 올 한 해를 상상하며 생각에 잠겨 있는데 어느새 해는 구름 속으로 숨어버렸습니다. 아쉽기는 하지만 새해 아침이 왜 이리 좋은지 모르겠습니다.

주변을 살펴보니 사람들이 하나둘씩 환하게 미소 지으며 하산하고 있습니다. 조금 내려오니 등산로 갈림길 공터에는 따스한 풍경이 전개됩니다. 이 추운 날씨에도 개의치 않고 차와 시루떡을 나누어주는 사람들이 있습니다. 현수막을 보니 그들은 '새해 소망이 이루어지는 곳, 칠보산 해맞이 행사를 주관하는 금호동주민자치위원회에서 나왔습니다. 칼바람이 살을 에는 날씨지만 마음이 푸근하고 따끈한 차와 김이 나는 떡을 먹으니 세상을 다 가진 것 같습니다. 그들에게 감사하며 사람과 세상을 진정으로 사랑하는 이들이 있다는 것을 새삼 느꼈습니다.

겨울 산을 드러내듯 칠보산 자락에는 눈이 살짝 덮여 있습니다. 겨울 풍광을 감상하며 내려오니, 개천 옆에는 이삼십 미터 이어진 나무 주변과 가지가 얼음으로 장식되어 있습니다. 그것은 마치 거대한 조각 작품처럼 보이며 얼음나라에 온 것 같습니다. 어떤 사람의 생각이 새로운 것을 만들어 오고 가는 사람들에게 즐거움을 줍니다. 내면을 들여다보면 이러한 마음이 사람 사는 세상입니다.

엄동지절에 얼음나무와 교감하고 있는데 열댓 명의 중년 남녀가 내려오고 있습니다. 그들도 나와 마찬가지로 얼음나무를 신기하게 보며 감상하고 있습니다. 여자들은 소녀처럼 얼음나무에 감탄하며 숨겨둔 감성을 발산합니다. 스쳐 지나가는 대화에서 그들이 부부동반으로 해맞이 왔다는 것을 짐작할 수 있습니다.

어떻게 새해 아침에 여러 사람이 부부동반으로 만날 수 있을까? 자연스럽게 나누는 그들의 대화를 엿들으니, 남편과 동행한 부인들인지 부인과 동행한 남편들인지 전자 같기도 하고 후자 같기도 합니다. 인생에는 다양한 삶이 있습니다. 모든 곳을 여행할 수 없듯이 모든 삶을 살 수는 없습니다. 그들을 보고 지난 삶을 돌아보게 됩니다. 오늘따라 내가 추구하지 못했던 저들의 삶이 정말로 부러워집니다. 여러 사람과 함께하는 삶은 즐거움이 훨씬 많습니다.

이제 처음으로 맞이한 새해 해맞이를 마치고 돌아갈 시간이 되었습니다. 오늘 해맞이는 환상적이고 황홀한 감동은 아닐지라도, 새해를 밝히는 해와 한순간 물아일체가 되었다는 것이 내 가슴을 고동치게 합니다. 사람들이 북풍한설이 휘몰아치는 강추위에도 아랑곳하지 않고 해맞이 명소를 찾는지를 알 것 같습니다. 내년에도 후년에도 새해 해맞이를 해야겠습니다. 하늘을 올려다보니 해는 여느 날과 다름없이 환하게 미소 지으며 대지를 따스하게 비추고 있습니다.

개심사의 봄날

봄이 오는 목장에 하얗게 꽃이 피었습니다. 멀리서 바라보는 벚꽃의 군락은 눈을 뗄 수 없게 만들고, 가까이 다가가니 그 풍광이 서럽도록 아름답습니다. 그저 바라보는 것만으로도 황홀합니다. 벚꽃과 하나 되어 목장길 따라 걷고 싶은데, 서산목장의 모든 곳이 문이 잠겨 있어 들어갈 수가 없습니다. 하지만 야속한 마음은 간데없고 벚나무를 가꾸어준 임들의 정성이 고마울 따름입니다. 마음을 여는 절, 개심사에서 돌아오는 길에 그 아름다운 풍경이 아직도 눈에 선합니다.

봄이 무르익는 4월 어느 토요일입니다. 마지막 꽃샘추위는 지난 것 같은데 비가 오고 바람이 차갑습니다. 아침에 일어나 망설였지만 오늘은 아내와 천리포수목원에 가기로 한 날입니다. 오전에 천리포수목원을 둘러보고 시간이 있어서 충남 서산에 있는 개심사로 향했습니다.

10여 년 전, 개심사를 처음으로 갔습니다. 그때는 장마철이어서 산천은 녹음으로 가득했지만 여름날의 습한 열기와 절로 올라가는 길이 질척하여 그리 상쾌하지는 않았습니다. 개심사는 벛나무와 연지가 기억날 뿐 여느 절과 마찬가지로 평범한 느낌을 받았습니다.

오후가 되니 하늘은 맑고 날씨는 더할 나위 없이 화창합니다. 개심사로 들어가는 초입, 신창 저수지 길을 들어서자 아내는 탄성을 연발합니다. 아마 저 멀리 보이는 목장의 벛꽃들이 유혹하여 마음을 빼앗겼나 봅니다. 호수는 푸르고 주변 산에서 내뿜는 봄의 자태는 젊음으로 돌아가게 합니다. 이윽고 저수지를 굽이돌아 개심사 주차장에 이르렀습니다.

먼저 놀란 것은 주차자리를 찾기가 힘들 정도로 관광버스를 비롯하여 차가 많습니다. 어디에서 이렇게 많은 사람이 왔을까 의아합니다. 물론 꽃피는 봄이니까, 상춘객으로 붐빈다는 것을 예상했지만 말입니다. 봄이 되면 주말 5천 명, 평일 1천여 명의 내방객들이 개심사를 찾는다고 합니다. 처음 개심사에 왔을 때는 한산했는데, 지난 10여 년의 세월이 산천은 의구하나 사람들로 격세지감을 느끼게 합니다.

주차하고 차에서 내리자 노부부가 인절미와 팥고물 찰떡을 팔고 있습니다. 우리는 점심을 만리포에서 바지락 칼국수로 때웠기에 시장기가 있어서인지 누가 먼저랄 것도 없이 조그맣게 담은 떡 2봉지를 샀습니다. 오랜만에 먹는 시골 떡 참 맛이 좋습니다. 일주문으로 가는 길 양옆으로 음식점이 나란히 있고, 길 따라 펼쳐진 노점에는 동네 할머니들이 봄나물과 곡식, 약재거리를 팔고 있습니다. 두릅·햇고사리·돌미나리 등 봄나물들이 한눈에 들어오며 식욕을 돋웁니다.

개심사 일주문 현판에는 상왕산개심사(象王山開心寺)라고 쓰여 있습니다. 개심사의 한자를 보고 나서야 개심사가 마음을 여는 절이라는 것을 알았습니다. 개심사 가는 길은 일주문을 지나 대웅전까지 500여 미터로 솔숲 언덕길을 올라가야 합니다. 계단 입구에는 세심동(洗心洞)이라고 적힌 표석이 서 있습니다. 마음을 씻는 마을이니 마음을 씻으라는 것이겠지요.

개심사는 언덕 돌계단을 올라와 연지부터 범종루, 안양루, 대웅전이 배치되어 있고 대웅전 양쪽으로 심검당과 무량수각이 있습니다. 범종루 옆과 안양루 앞에는 돌아오는 초파일에 쓸 연등이 빼곡히 하늘을 가리고 있습니다. 이름을 올린 연등은 몇 안 되지만 부처님 오신 날에는 저 연등들이 소원성취를 바라는 중생들의 이름으로 가득하겠지요.

개심사는 여느 절보다 건축양식이 특이합니다. 신검당을 비롯한 건축물 기둥이 비뚤비뚤한 자연목이어서 나그네의 마음을 사로잡습니다. 범종루를 받치는 네 기둥도 자연목을 그대로 사용했습니다. 무량수각 뒷마루에 앉아 동쪽으로 굽어보니 정말 풍경이 멋스럽습니다. 겹벚꽃은 피었는데 청벚꽃과 배롱나무는 아직 꽃을 피우지 않았습니다. 일상이 바빠 개심사에 올 짬이 없는 사람들을 위해 꽃을 늦게 피우려나 봅니다.

개심사의 봄날 풍경은 아직 나무마다 꽃이 만개하지 않았지만 화려합니다. 절의 대표적인 꽃이 벚꽃으로 종류가 다양합니다. 활짝 핀 벚꽃과 어느새 자랐는지 대지에 수놓은 풀잎은 힘찬 생명력의 기운을 보여줍니다. 꽃잎이 흩날리는 풍경은 선계에 온 것 같습니다. 문득 이 순간이 멈추었으면 하는 부질없는 바람도 있습니다.

개심사의 모습은 봄꽃에 황홀하면서도 화려하지 않은 맛깔나게 차려진 시골밥상같이 소박합니다. 그리고 조화롭고 넉넉함이 있습니다. 풍광을 자랑하는 명소는 처음 갔을 때가 가장 선명하게 다가오고 느낌이 강렬하기 마련입니다. 그런데 개심사는 두 번째 온 오늘이 표현할 수 없을 정도로 멋스럽습니다. 그저 평범한 절로 알았던 지난날을 돌아보니 미안한 생각이 듭니다. 개심사는 웅장하고 장중한 절은 아니지만 멋스러움으로 볼 때 이제 내게는 손가락 안에 드는 절입니다.

우리는 태어나서 많은 사람을 만나며 살아갑니다. 만나면 헤어지고 먼 훗날에 다시 만났을 때 반가움과 더불어 감탄할 때도 있습니다. 자신이 생각했던 것보다 훨씬 성장하고 아름답게 사는 모습을 볼 때 참 흐뭇하며 한편으로는 자신의 삶에 미안함이 들 때가 있습니다. 특히 조그마한 연정이라도 있었던 사람이라면 더욱 아련할 것입니다. 개심사가 바로 그런 느낌을 줍니다.

아늑하고 화창한 봄날 개심사의 으뜸 꽃은 거대한 한 그루 벚꽃입니다. 텃밭 돌담 사이에 서 있는 벚나무는 밑동에서 꼭대기까지 꽃으로 온몸을 치장했습니다. 밑동에 난 가지를 잘라주지 않아 나무가 아니라 새하얀 꽃들이 하늘로 솟은 하나의 거대한 형상입니다. 나들이객들은 추억을 담느라 연신 스마트폰 카메라를 누르고 있습니다.

4월의 멋진 봄날, 개심사를 떠나려니 무척 아쉬움이 남습니다. "만나면 언젠가는 헤어지게 되어 있다"는 회자정리(會者定離)보다 "헤어진 사람은 언젠가 반드시 돌아오게 된다"는 거자필반(去者必返)을 더 믿으며, 다시 올 것을 기약하고 개심사 언덕길을 내려왔습니다. 일주문을 나오니 백목련이 바람에 떨어지며 흩날립니다.

청풍명월

　청풍명월은 맑은 바람과 밝은 달로 자연의 아름다움을 표현한 것입니다. 또한 그것은 충청도 사람의 결백하고 온건한 성격을 평하는 말이기도 합니다. 누구나 청풍명월이란 이름을 한 번쯤은 들어 보았을 것입니다. 청풍명월은 그 의미보다 지명으로 볼 때 충북 제천시 청풍면 청풍호 주변 일대입니다.

　충주댐 건설로 인해 남한강 중류인 충주에서 단양에 이르는 거대한 호수, 내륙의 바다가 형성되었습니다. 그 지역이 충주·제천·단양이라서 각 지역민들은 충주호·청풍호·단양호로 부르기도 합니다. 충주댐의 전체 면적으로 볼 때 제천지역이 가장 넓고 가운데에 위치하여 청풍호가 더 어울리는 것 같습니다.

　2012년 4월, 어느 화창한 봄날이었습니다. 오후에 현장조사를 나갔다가 시간이 있어서 가까이에 있는 청풍명월로 가게 되었습니다. 청풍호 입새로 들어서는 순간 깜짝 놀랐습니다. 화사하게 활짝 핀 벚꽃이 무지 황홀했기 때문입니다. 청풍호 옆으로 죽 늘어서고 이어진 벚꽃들은 정말 장관입니다. 진해군항제에 가보지 않았기에 내가 본 벚꽃 중 청풍호의 벚꽃길이 가장 아름다웠습니다. 어딘가에 미려한 벚꽃이 있다 해도 청풍호의 벚꽃으로 만족하렵니다. 차창 밖으로 보이는 세상은 어찌나 좋은지 표현할 수가 없습니다. 동승한 신입 여직원은 감탄의 표정으로 스마트폰을 연신 누르고 있습니다.

청풍대교와 청풍문화재단지를 지나가다 보니, 양쪽으로 흐드러지게 핀 벚꽃이 보입니다. 내주에 시작되는 〈청풍호 벚꽃축제〉를 알리는 입구가 나타납니다. 여기는 제천시 청풍면 소재지인 청풍문화마을입니다. 이곳을 청풍호 벚꽃마을이라 해도 조금도 이상할 것이 없을뿐더러 더 적절한 이름이 아닐까 생각됩니다.

오늘은 한가한 편입니다. 평일이고 아직 벚꽃축제가 시작되지 않아서 그런지 나들이객이 별로 없습니다. 마을길을 따라 벚꽃에 푹 빠진 두 사람은 봄나들이 나온 아버지와 딸이 정답게 산책하는 모습입니다. 그렇지만 같은 벚꽃을 보면서 느끼는 감정은 사뭇 다를 것입니다. 아마 그녀는 지긋지긋한 예비취업자에서 탈출하여 봄처녀의 풋풋한 사랑을 그리며 걷는 것 같고, 나는 옛사랑의 추억을 떠올리며 걸어가고 있습니다.

햇살이 화창하고 대기가 청아한 봄날에 어여쁜 벚꽃을 보고 있노라니, 문득 청풍호반을 배경으로 멀어져간 사람들이 떠오릅니다.

들판에 곡식이/ 파릇이 돋아나던 봄날/ 우리는 만났지요// 벚
꽃이 만개하여/ 꽃잎이 흩날리던 청풍호에서/ 서로를 감싸 주었
지요// 이 산 저 산 바라보고/ 이 고을 저 고을 찾아/ 사랑을 노
래했지요// 눈 녹아 봄이 오는데/ 어쩔 수 없이 떠나는 그대 뒷
모습에/ 멀어지는 영상이 아련하오.

2014년 6월 마지막 주, 무더운 어느 날 오후였습니다. 세월호 참
사로 온 국민이 슬픔에 잠겨 춘계체육행사를 하지 못했는데 경제
살리기 일환으로 체육행사를 하게 되었습니다. 우리 일행은 오전
일과를 끝내고 오후 2시경에 청풍문화재단지 앞에 모였습니다.

청풍문화재단지는 충주호가 생성되면서 수몰되는 지역에 산재되
어 있는 문화재들로 조성되었으며, 뒤편으로는 청풍호가 자리하고
앞쪽으로는 비봉산이 솟아 있습니다. 단지 내 풍경은 팔영루를 지
나 석조여래입상과 수몰 전에 있던 복원된 고택들의 멋스러움과
정상이라 할 수 있는 망월산성에 올라 청풍대교를 비롯한 청풍호
를 조망하는 느낌이 큰 특징이라 할 수 있습니다.

유적지나 작품이 아름답다 해도 보는 것만으로는 그 느낌이 완
전할 수 없으며, 누가 옆에서 설명을 곁들이면 훨씬 이해하기 쉽고
재미가 있습니다. 특히 문화재를 감상할 때는 문화해설사가 그런

역할을 합니다.

우리는 운 좋게도 문화해설사의 도움을 받으며 청풍문화재단지로 들어갔습니다. 문화해설사는 무더운 날씨를 고려하여 그늘에서 청풍문화재에 얽힌 사연을 들려줍니다. 세심한 부분까지 남을 배려하고 본연의 일에 최선을 다하는 마음씨에 고개가 숙여집니다.

팔영루를 지나 안으로 들어오면 오른편에 정겨운 담장과 담장 너머로 한옥이 보입니다. 우리는 한옥 마당에 들어서서 문화해설사의 설명을 들었습니다. 일상적으로 고택을 볼 때 누구의 가옥이라는 것을 우선 인식하는데, 그보다 문화해설사는 한옥의 정교한 과학성에 대해 자세히 설명해 줍니다.

한옥은 목조방식을 기본으로 흙과 돌과 종이 등 자연재료로 지어졌으며, 온돌·마루·부엌·마당 등으로 구성된 공간조직을 바탕으로 구축된 건축물입니다. 재래식 건물은 불편할 것이라는 선입관이 있지만 한옥의 쓰임새를 살펴보면 전혀 그렇지 않습니다. 한지와 황토만 보더라도 그 속에는 드러나지 않는 과학이 있습니다. 한지는 강한 햇빛을 막아주면서도 방안 전체를 밝혀주고 습도조절과 방한효과가 있습니다. 바닥·벽·기와 밑에 들어가는 황토는 정화능력이 뛰어납니다. 한옥은 여름에는 시원한 그늘을 만들고, 겨울에는 열을 오래 보존하며 습도를 조절합니다. 문틀 하나만 보더라도 가족 개개인의 사생활 측면에서 지어졌다는 것을 알았을 때 선조들의 지혜에 감탄이 절로 나옵니다. 한옥은 빛과 바람을 즐기는 집입니다.

청풍문화재단지 안에는 한벽루·응청각·금병헌이 연이어 있습니다. 한벽루는 벽 없이 기둥으로만 지어진 누각으로 연회장소이고, 응청각은 용무차 내려온 중앙관속들의 객사이며, 금병헌은 집무소입니다.

문화해설사는 응청각을 설명하면서 퇴계 이황이 단양군수로 있을 때 명기 두향과 하룻밤 묵었던 곳이라고 합니다. 두향과 퇴계 선생은 약 8개월의 짧은 기간 동안 함께 했으나, 퇴계 선생이 단양을 떠난 후에는 만난 적이 없다고 합니다. 퇴계 선생은 두향이 선물한 매분을 죽는 날까지 애지중지했다고 합니다. "매화는 한평생 추워도 그 향기를 팔지 않는다"는 글귀가 떠오릅니다. 두 사람의 사랑은 선비의 지조와 여인의 절개가 어우러진 고금을 뛰어넘는 고결한 사랑입니다.

문화해설사는 문화해설을 마무리하면서 망월산성에 오르면 청풍호의 전망이 훨씬 좋다고 하며 우리 일행과 작별인사를 나누었습니다. 남녀노소를 막론하고 먹을거리를 주면 다들 좋아합니다. 우리들은 날씨도 더워 아이들처럼 매점쉼터에서 아이스크림을 먹고 망월대로 올라갔습니다. 오르는 동안 사랑나무 연리지를 보았습니다. 연리지는 한 나무와 다른 나무의 가지가 서로 붙어서 나뭇결이 하나로 이어진 것입니다. 얼마나 사랑했으면 나무가 붙었을까요.

드디어 망월산성에 올랐습니다. 망월대에서 바라본 청풍호의 풍광은 아름답기 그지없습니다. 한마디로 환상의 세상입니다. 들어오면서 보았던 팔영루에 있는 팔영시(八詠詩)가 청풍명월을 대변해 줍니다.

청호면로(淸湖眠鷺): 맑은 호수에 백로가 졸고 있는 모습이 아름답고
미도낙안(眉島落雁): 섬 끝에 기러기 내리는 모습이 일경이라
파강유수(巴江流水): 유유히 흐르는 끝에 파도가 장관이요
금병단풍(錦屛丹楓): 비단 병풍을 두른 듯한 금병산 단풍이 절경이라
북진모연(北津暮煙): 북진나루에 저녁연기 피어오르는 것이 일품이요
무림종성(霧林種聲): 안개 숲 속에서 들려오는 새벽 종소리가 좋고
중야목적(中野牧笛): 들 가운데서 목동들의 피리 소리가 유명하고
비봉낙조(飛鳳落照): 비봉산 해 떨어질 무렵 일몰이 장관이더라

팔영시에 청풍명월이 아주 잘 묘사되었지만, '백문이 불여일견'이라는 말이 있듯이 한 번 보는 것이 더욱 가슴에 와 닿을 것입니다. 청풍명월은 적어도 일 년에 한 번은 가보고 싶은 곳입니다. 사계절이 다 좋지만, 특히 벚꽃이 흐드러지게 흩날리는 봄날에 아름다운 사람과 가고 싶습니다.

비 내리는 문경새재

　전국 어디를 가나 둘레길이나 올레길이 있지만 나는 문경새재 길을 무지 좋아합니다. 새재길이 그 많은 길보다 등급이 우수하다는 것이 아니라 내가 가장 많이 다녀가는 길이기에 그렇습니다. 또한 선조들이 과거 보러 가던 길로 역사의 숨결을 느낄 수 있습니다. 그리고 새재길은 갈 때마다 새로우며 많은 사색을 하게 합니다.

　장마철은 아니지만 6월이 되니 자주 소낙비가 내립니다. 토요일 저녁 고향 읍내에서 동창회를 하고 일요일 오후에 문경새재에 도착했습니다. 오는 내내 햇볕이 쨍쨍 내리쬐어 무더웠는데 주차장 입구에 오니 하늘이 흐립니다. 주차요금을 지불하는데 징수원이 지금 날씨가 산책하기에 참 좋다고 합니다. 나는 미소로 공감을 표하고 주차 후 제1관문인 주흘관을 향해 올라갔습니다.

　주차장과 길 가장자리 녹지대에는 코스모스가 활짝 피어 있습니다. 사람들이 사진을 찍느라고 야단들입니다. 코스모스는 통상 여름방학이 끝나가는 8월 하순에 시작하여 9월에 피었는데, 이제는 첫여름에도 피어나니 참 거시기합니다. 아주 반갑지 않은 얄미운 면이 있으나 어딘가 끌리는 면이 다분합니다. 스마트폰으로 사진을 찍어 아내에게 보냈지요. 바로 아내에게서 "좋다. 가고 싶어지네"라는 문자가 왔습니다. 그런데 갑자기 비가 내리기 시작합니다. 다시 차로 와서 우산을 쓰고 갔습니다.

주흘관을 지나니 비가 세차게 내립니다. 내가 좋아하는 산책길은 비 오는 날 숲과 계곡 물이 어우러진 길입니다. 나뭇잎에 떨어지는 빗소리를 들으며 빗방울 맞는 숲을 보며 걸으니 삼라만상과 물아일체가 됩니다. 우산에 떨어지는 사랑의 빗소리가 온몸으로 스며드니 금상첨화입니다. 비는 술에 비유됩니다. 노래방에서 맨정신으로 노래하는 것과 술을 한잔 하고 노래하는 것과의 차이라고할 수 있습니다. 비가 내리니 나무들은 시원함을 느끼며 초연한 것 같은데, 나들이객은 전혀 예측하지 못한 듯 비를 피하느라 엉거주춤합니다.

비가 내리면 자연과의 교감을 주고받았는데, 지금 내리는 비는 사람과의 교감입니다. 비가 내리기 시작할 때는 분주했는데 본격적으로 내리니 차분해집니다. 쉼터마다 비를 피해 있는 사람들로 가득합니다. 비를 바라보는 모습이 서글픔은 간데없고 행복해 보입니다. 우산을 쓰고 올라오면서 우산 없이 내려가는 사람들을 보니 문득 이런 장면이 연상됩니다. 고속도로를 운행할 때 내가 가는 방향은 소통이 원활한데 반대방향은 정체되는 것 말입니다.

비가 오든 말든 그냥 비를 맞으며 내려가는 사람들이 있습니다. 잠시 옷이 젖어서 불편한 점은 있겠지만 저들은 색다른 추억을 담아 가겠지요. 우산을 쓰고 내려오는 사람들도 있습니다. 일기예보를 알고 왔다기보다 준비성이 철저한 것 같습니다. 한 쌍의 건강한 청춘남녀가 우산을 맞잡고 걸어오는 모습은 참 보기 좋습니다.

한참을 걸어가니 개울 쪽에 주막이 보입니다. 주막은 초가지붕으로 옛 정취를 물씬 풍깁니다. 주막 안내판에는 "새재는 조선시대에 영남에서 한양을 오가던 가장 큰길로서, 이 주막은 청운의 꿈을 품고 한양길로 오르던 선비들, 거부의 꿈을 안고 전국을 누비던 상인들 등 여러 계층의 우리 선조들이 험준한 새재길을 오르다 피로에 지친 몸을 한 잔의 술로써 여독을 풀면서 서로의 정분을 나누며 쉬어 가던 곳이다"라고 쓰여 있습니다.

주막은 가식이 없는 정다운 말입니다. 누가 산수경관이 수려한 이 주막을 그냥 지나칠 수 있겠습니까? 그 옛날 이곳을 지나던 선조들의 숨결이 와 닿습니다. 잠시 눈을 감으니 시끌벅적하게 정감을 나누는 소리가 들려오는 듯합니다. 비 오는 날 주막을 보니 무지 반갑고 오랜만에 친구를 만난 것 같습니다. 나는 나그네가 되어

봅니다. 나그네에게는 낭만이 있지만 고달픔과 서러움도 있습니다. 주막과 나그네는 잘 어울리지만 나는 주막이 되고 싶습니다. 삶에 지친 나그네의 쉼터가 되어야겠다고 생각하며 길 따라갑니다.

가다 보니 소원성취탑이 나타납니다. 행운을 바라는 길손들의 삶의 단면이 보입니다. 꿈을 꾸고 희망을 갖는 소박한 사람들의 정성이 작은 돌로 차곡차곡 쌓여 있습니다. 옛날이나 지금이나 사람들의 마음은 같은가 봅니다.

비가 오니 문경새재에도 옥에 티가 있습니다. 그것은 다름 아닌 일부 계곡에 흐르는 황토물입니다. 비가 오기 전까지만 해도 맑은 물이 흘렀는데 금세 황토물로 변했습니다. 산책로에 깔려 있는 황토가 소낙비에 씻겨서 그리된 것 같습니다. 어디에나 옥에 티가 있게 마련이지만, 계곡에 황토물이 흐르는 것은 산책을 하면서 음악을 크게 들으며 가는 사람들을 만났을 때의 거슬리는 느낌과 유사합니다.

이제 발길은 물레방아 앞에 멈췄습니다. 쉬지 않고 돌아가는 물레방아를 마주하니 우리네 삶의 단면을 보는 것 같습니다. 청산은 시간이 멎은 것 같은데, 물레방아는 세월의 흐름을 일깨워줍니다. 물방아 도는 곳에 옛 생각이 절로 납니다.

산속 카페에서 멋들어지게 울리는 색소폰 소리를 들으며 걸으니 무주암이 있습니다. 누구든지 올라 쉬는 사람이 주인이 되는 바위, 무주암이 신선하게 다가옵니다. 이 얼마나 자유롭고 평등한 세상이 아니겠습니까? 자연은 즐기는 자의 것입니다. 옛날에는 이 바위 아래에 무인 주점이 있어 새재길 넘어가는 길손들이 술과 간단한 안주로 목을 축이고 그 값을 함에 넣고 갔다고 합니다. 옛사람들의 따스한 정과 소박한 멋이 세상을 넉넉하게 합니다.

어느새 제2관문인 조곡관 앞에 다다랐습니다. 비도 그치고 날씨는 쾌적합니다. 그런데 시간이 오후 4시를 넘어섰습니다. 3관문까지 갔다 오기는 무리일 것 같아 한참 망설여집니다. 2관문을 지나 3관문 가는 길을 물끄러미 바라보았습니다. 아쉽지만 다음에 가기로 하고 발길을 돌렸습니다.

인생에는 리허설이 없어서 그런지 사람들은 브레이크 없는 삶을 사는 것 같습니다. 브레이크가 있어도 밟지 않으며 앞으로만 나아갑니다. 나는 문경새재에서 자동 브레이크 장치를 터득했습니다. 인생은 그리 길다고 생각하지 않지만, 조령산과 주흘산 계곡을 따라 산책을 하면서 느림의 미학과 여유로움의 의미를 알았습니다. 비 오는 날의 새재길은 또 다른 추억을 담아 줍니다.

낙화암의 애한

충남 보령에서 여름휴가 첫날을 보내고 아침을 맞았습니다. 어제 대천해수욕장 머드축제의 여운이 남아서인지 기분이 상쾌합니다. 오늘은 백제 고도 부여의 찬란했던 백제문화유적을 답사할 예정입니다. 능산리고분, 국립부여박물관, 정림사지, 고란사, 낙화암, 백마강, 궁남지를 떠올리며 백제의 숨결은 어떠할까 생각만 해도 가슴이 뜁니다.

백제문화를 기대하면서 국도를 따라갑니다. 보령에서 부여까지는 인접한 지역이라 1시간 정도 소요될 것 같습니다. 날씨가 흐려 산과 들은 한결 시원함을 더해 줍니다. 들판은 정갈하고 농작물은 풍요롭게 가꾸어져 있습니다. 우리나라는 어느 지역이나 엇비슷하지만 딱히 뭐라고 표현할 수 없는 미세한 차이가 있습니다. 부여로 가는 산하는 그 나름대로 지역의 멋을 풍기며 자랑을 합니다. 하천을 따라 들판을 가로지르고 산을 굽이 돌아가는 길은 운치를 더합니다.

먼저 백제왕릉원으로 갔습니다. 쉽게 찾은 백제왕릉원은 학창시절 역사시간에 배운 '능산리고분군'입니다. 오전 9시 전이라 관광객은 보이지 않습니다. 능산리고분군은 해발 121m의 야산에 위치해 있어 한적한 시골의 조용한 마을 같습니다. 백제왕릉원에 있는 무덤들은 왕과 왕족의 무덤으로써 정비되어 있는 7기의 고분군이 무덤의 규모로 보아 사비시대 역대 왕들의 것으로 추정됩니다. 고분군 아래 열 동쪽에는 출입구가 보이는 개방된 무덤이 있는데, 백제시대 아름다운 벽화로 유명한 '능산리동하총'입니다. 훼손이 우려되어 현재는 개방하지 않고 전시관에서 모형으로 공개하고 있습니다.

고분군을 둘러보고 나오다 보면 무덤 2기가 보입니다. 여기는 백제의 마지막 왕인 의자왕과 태자융의 가묘가 조성된 곳입니다. 일이나 작품의 마지막은 성취나 완성으로 보람이 있지만, 역사에서 마지막은 슬프고 한이 서려 있습니다. 의자왕단을 보고 있자니 사라져 간 백제의 꿈과 민초들의 한이 애처로워 주변의 초목들도 슬프게 보입니다.

애상의 여운이 남아 여정을 무시하고 낙화암과 고란사를 보기 위해 부소산으로 향했습니다. 부소산성은 능산리고분군에서 멀리 떨어져 있지 않아 금방 도착했습니다. 산성입구 배수로 공사가 한창이어서 산만하고 분주합니다. 건축양식이 특이한 (구)부여박물관을 지나 부소산길로 들어섰습니다. 부소산은 해발 106m로 백마강 기슭에 있으며, 백제의 옛 궁터·영월대·낙화암·고란사·사비루(사자루) 등 고적이 있습니다.

숲속 길이 언제나 그렇듯이 산성둘레길도 한적하고 고즈넉합니다. 나무 사이로 백마강이 듬성듬성 보이고 한참을 걸으니 낙화암과 고란사로 가는 갈림길이 나타납니다. 200m만 내려가면 낙화암과 마주할 수 있습니다.

백마강을 응시하며 가는데 험준한 바위 위에 크지는 않지만 백화정이라고 쓰인 우람한 육각형 정자가 모습을 드러냅니다. 백화정은 바위와 노송과 푸른 하늘이 잘 어우러진 한 폭의 동양화를 연상케 합니다. 정자에 여러 사람이 있어 낙화암 절벽 쪽으로 내려갔습니다. 낙화암에는 난간이 설치되어 있지만 강물을 내려다보니 아찔합니다. 백제가 무너지던 날, 저 푸른 강물에 꽃잎이 떨어지듯 삼천궁녀가 뛰어내렸다니 한이 서립니다. 절벽 아래 나무 위에는 한 마리 백학이 그날의 슬픔을 아는지 무심히 흐르는 강물을 바라보고 있습니다.

무거운 마음으로 백화정에 올랐습니다. 백화정은 백제 멸망 당시 절벽에서 떨어져 죽었다는 궁녀들의 원혼을 추모하기 위해 1929년에 지은 정자입니다. 백화정에서 바라보는 백마강은 꾸밈이 없는 드러내지 않는 아름다운 풍광입니다. 유유히 흘러가는 백마강은 평화롭기 그지없습니다. 그렇지만 낙화암과 궁녀들이 연상되어 아름다움이 슬픔에 묻혀 버립니다.

낙화암의 백화정 옆에는 바위에 뿌리를 내린 오래된 소나무 한 그루가 서 있습니다. 소나무는 한눈에 봐도 그 연륜이 드러나서인지 '천년송'이라 부릅니다. 백마강이 삼천궁녀들을 품은 후 가장 오랫동안 낙화암을 지켜온 나무입니다. 천년송은 비바람 눈서리 맞으며 꽃잎처럼 떨어진 궁녀들의 원혼을 위로하며 움튼 생명인 듯한데 말이 없습니다.

발길은 다시 낙화암 우측에 있는 고란사로 내려가고 있습니다. 가파른 언덕길에서 낙화암 절벽을 바라보니 낙화암은 그저 평범한 바위에 불과합니다. 백제의 역사가 더 길었더라면 그날의 아픔도 없었을 것이고, 낙화암과 백화정은 백마강을 조망하는 경치 좋은 명소가 되었겠지요.

강물이 보이는 고란사는 깎아지른 절벽 아래 위치하여 절터로서는 적합하지 않은 곳입니다. 순간적으로 삼천궁녀의 명복을 빌기 위해 지은 절이라는 느낌을 받습니다. 넓지 않은 경내를 둘러보니 범종이 한눈에 들어오고, 절 뒤 바위틈에 고란정(井)이 있으며, 그 위쪽 바위틈에 고란초가 자라고 있습니다. 고란약수를 한 모금 마시고 백마강을 굽어보며 부소산에서 가장 높은 곳에 있는 사자루로 올라갔습니다.

사자루에 이르니 등산복 차림의 아낙네들이 사자루 1층 바닥에 둘러앉아 윷놀이를 하느라고 정신이 없습니다. 어제 보령 성주산 자연휴양림에서도 많은 사람이 윷놀이를 하던데 이 지역에서는 연중 윷놀이를 즐기는 모양입니다. 사자루는 2층 문루 건물로 2층에 누각을 지어 사방을 두루 살필 수 있습니다. 누각에서 보이는 백마강은 시공이 멎은 평화로운 호수 같습니다.

사자루 아래에서 윷놀이하는 아낙네들은 잠시 역사의 숨결을 잊고 일상을 즐기는데, 나는 낙화암과 삼천궁녀의 비애에 갇혀 부소산성을 내려오면서 옛 백제의 뒤안길을 걷고 있습니다. 백제가 나당연합군의 침공으로 멸망하여 죽음을 면치 못할 것을 알고, 남의 손에 죽지 않겠다고 낙화암에서 강물에 몸을 던진 궁녀들의 애한이 밀려와 나 자신이 스스로 갇히게 되었습니다. 나와 주변 사람들의 삶에도 이와 유사한 슬픔은 없었는지 새삼 돌아보게 됩니다.

부소산은 고적(古跡)과 숲길과 백마강의 풍광이 참 아름답지만 오늘은 낙화암의 전설에 가려 슬픔과 아픔을 더해 줍니다. 노래방에 가면 백마강, 고란사, 낙화암, 삼천궁녀의 애처로운 가사가 흐르는 백마강 노래를 가끔 불렀었는데 이제는 부르지 않으렵니다. 지금 심정으로는 낙화암을 다시 찾고 싶지 않습니다.

소백산 정취

휴일 아침, 잠에서 깨었는데 갑자기 많은 산이 다가옵니다. 내가 갔었던 산들이 차례로 산마다 기억에 남는 풍광과 사연이 파노라마처럼 펼쳐집니다. 그 중에서 소백산이 가장 선명하게 그려집니다. 눈감은 채로 누워서 소백산과 정을 나누어봅니다.

소백산은 화려하지 않으면서도 장중하고 그렇다고 바위산도 아니며 백두대간의 정기가 흐르는 유장한 산입니다. 1996년과 1997년, 나는 경북 풍기에 위치한 중앙고속도로 건설현장에 근무할 때 소백산을 자주 올랐고, 그 횟수는 아마 20번은 넘을 겁니다.

소백산 정상인 비로봉을 오르는 등산로는 여러 곳이 있습니다. 비로사에서 가는 길, 희방사에서 연화봉을 거쳐 오르는 길, 죽령에서 산의 능선인 백두대간을 따라 가는 길, 단양에서 오르는 길, 초암사에서 국망봉을 거쳐 가는 길 등 다양합니다.

처음 소백산에 갔을 때는 젊음이 왕성하던 시절 친구들과 희방사 코스로 갔습니다. 희방사를 지나면 깔딱고개가 시작됩니다. 깔딱고개는 경사가 심한 긴 오르막 코스로 무척 힘이 듭니다. 그때는 거의 쉬지 않고 연화봉까지 올랐는데, 10여 년이 지나 풍기에 살면서 다시 오르니 체력이 달려 죽을 지경입니다. 그 다음부터는 죽령에서 백두대간을 따라 갔습니다. 백두대간 능선은 편하긴 하나 비로봉까지 11km나 되어 홀로 가기에는 지루한 감이 있습니다.

비가 간헐적으로 내리는 날, 비로사에서 등산하다 보면 저 멀리 연화봉이 보였다가 사라지는 신기를 연출합니다. 안개구름이 몰려다니며 조화를 부리는 그 풍광도 참 아름답습니다. 산은 비가 오든, 바람이 불든, 안개가 끼었든 그대로 있는데 사람들이 온갖 수사를 동원하여 왈가왈부합니다. 그러한 풍광에서 아름다움을 담아내고 즐기는 것도 산을 찾는 사람들의 특권이며 행운입니다.

소백산 비로봉에 오르면, 특히 휴일에는 안면이 있는 사람들을 만납니다. 그때를 생각해 보니 바로 떠오르는 사람들이 있습니다. 본사에 근무할 때 구내에 있는 주택은행 여직원, 영주경찰서 경비과장, 설악연수원에서 함께 근무했던 동료직원들과 만났던 장면이 나타납니다.

월요일에 출근하면 동료직원이 "어제 소백산에서 어떤 아주머니와 손잡고 내려오던데요, 사모님은 아닌 것 같고…"하며 묻습니다. 함께 근무했던 직원이라 반가워서 잠시 손잡고 내려왔다고 사실대로 시인하며 나도 모르게 깜짝 놀랍니다. 수많은 사람이 오고가는 그 넓은 산에서도 나는 모르지만 누군가는 나를 보고 있었다니 부끄러운 생각이 듭니다. 그냥 스쳐 지나가는 듯해도 등산객뿐만 아니라 등산로에 말없이 있는 풀 한 포기, 나무 한 그루까지도 나를 보고 있다는 것을 새삼 느꼈습니다.

소백산 등산로 중에서 내가 제일 좋아하는 코스는 죽계구곡을 따라 초암사를 지나 국망봉으로 가는 등산로입니다. 죽계구곡은 국망봉에서 흘러내리는 하천으로 순흥면 배점주차장에서 초암사에 이르는 계곡입니다. 퇴계 선생이 계곡의 절경에 심취하여 물 흐르는 소리가 노랫소리 같다 하여 계곡마다 걸맞은 이름을 지어 죽계구곡이라 불렀다고 합니다.

사실 나는 죽계구곡을 걸어서 답사하지는 않았습니다. 등산할 때도 초암사까지는 차량으로 이동해서 구곡 절경의 세세한 부분은 잘 모릅니다. 지나가면서 참 괜찮은 계곡이라고 느꼈습니다. 가장 감명을 받았던 것은 죽계구곡이 아름답다고 해도 초암사 입구에서 죽계천을 건너기 전의 풍경입니다. 가끔 달력의 사진으로도 활용되는 이곳은 가을에 보면 단풍과 개울물이 잘 어우러진 한 편의 명화입니다.

그 당시 초암사에서 국망봉으로 가는 길은 등산객이 거의 없을 정도로 한적했습니다. 초암사에서 석륜암 터까지는 계곡을 끼고 가는데 2시간 정도 소요됩니다. 이 구간은 소백산 자락 중에 자연이 잘 보존된 곳으로 원시림을 연상케 합니다. 석륜암 터에 들어서면 봉황새를 닮은 봉바위가 있는데 나그네를 쉬어가라고 합니다. 봉바위 옆에는 '소백산 낙동강 발원지'라고 새겨진 표석이 있습니다. 한 모금의 시원한 약수는 산행에 지친 몸과 세상에 찌든 시름을 잊게 해 줍니다.

석륜암 터에서 국망봉으로 올라갈수록 하늘이 손에 잡힐 듯 허공에 뜬 기분입니다. 비로봉도 좋지만 국망봉도 아주 멋집니다. 국망봉 정상에서 바라보는 소백산 능선은 산정의 초원 같습니다. 마의태자의 전설이나 이야기는 도처에 많은데 국망봉에도 있습니다. 마의태자가 망국의 한을 품고 여기서 시라벌을 향해 하염없이 눈물을 흘렸다고 합니다. 국망봉에서 산정무한을 느끼기에는 부족함이 없습니다.

소백산은 너무나 잘 아는 절친한 옛 친구 같습니다. 그렇지만 자주 만남이 없는 그런 친구 말입니다. 만나지 않더라도 서운하지 않고 만나더라도 서먹하지 않은 친구에 비유됩니다. 소백산은 마음만 먹으면 바로 오를 수 있으며, 언젠가는 만남이 있을 거라고 기대하는 그런 친구처럼 자랑스러운 산입니다.

소백산은 사월에도 눈이 내립니다. 사월 초순 야산과 들판에는 봄이 오는데, 연화봉에 오르니 설산이 되어 있습니다. 나뭇가지는 겨울을 다시 맞는 것 같고 찬바람이 세차게 불어도 마음만은 훈훈합니다. 4월에 피는 눈꽃은 그 나름대로 아름답습니다.

나는 풍기에서 2년 동안 살면서 소백산 사계를 보고 느끼며 마음껏 체험했습니다. 그렇지만 하나 빠뜨린 것이 있습니다. 해마다 5월 하순경에 열리는 소백산 철쭉제는 보지 못했습니다. 다음에는 꼭 철쭉제 때 소백산에 올라 붉은 꽃의 향연을 만끽하렵니다.

아들 녀석이 꼬마였을 때 함께 소백산을 등산한 적이 있습니다. 녀석은 녹음이 덮인 가파른 산길을 잘 따라 오릅니다. 그런데 갑자기 나무가 피를 흘린다고 합니다. 누가 나뭇가지를 꺾어놓아 나무에서 물이 나오고 있었나 봅니다. 지나가던 등산객이 이 말을 듣고 혼잣말로 위대한 문학가가 나오겠다고 합니다. 나는 그때 자연은 아이들의 눈으로 보아야 제대로 볼 수 있다고 생각했습니다. 이제 다시 소백산을 등산한다면 아이들의 순수한 눈과 마음으로 자연을, 소백산을 바라보겠습니다.

선계에 있는
마곡사

봄·여름·가을·겨울의 순리는 거스를 수 없지만, 순응하며 살아가면 삶이 편안하고 아름다움을 볼 수 있습니다. 사계절이 다 좋은데 사람들은 흔히 어느 계절을 좋아하느냐고 묻습니다. 어떤 계절을 좋아한다는 것은 그 계절과 어울린다는 것이지요. 사람뿐만 아니라 산사도 잘 어울리는 계절이 있습니다.

충남 공주에 가면 여름에 잘 어울리는 절로 태화산 기슭에 울창한 송림과 깊은 계곡을 끼고 있는 마곡사가 있습니다. 나는 마곡사를 7년 전쯤 공주에 민원조사를 갔다가 들를 기회가 있었는데 갈까 말까 망설이다 가지 못했습니다. 2년 전에는 전통불교문화원에 힐링교육을 갔다가 이른 아침에 마곡사를 들를 시간이 있었는데 다음에 아내와 동행하려고 아껴 놓았던 곳입니다.

여름휴가 마지막 날 오전 10시경에 마곡사 입구에 도착했습니다. 휴가철이 본격적으로 시작되지 않아서인지 주차장은 한산합니다. 마곡사 주변도 여느 관광지와 마찬가지로 음식점이 즐비하고 민박집도 많이 눈에 띕니다. 매표소를 경계로 절과 바깥은 확연히 구분됩니다.

절 어귀에 우뚝 서 있는 '태화산마곡사'라고 쓰인 일주문을 만납니다. 아내와 나는 일주문 앞에서 합장을 하고 죽 뻗은 길을 따라 갑니다. 마곡사 전경이 보이는 본체까지는 흔히 볼 수 있는 풍경입니다. 아내의 표정을 보니 마냥 즐거워합니다. 마곡천이 좌측으로 굽어 돌아가는 곳에 이르렀습니다.

아, 갑자기 풍광이 달라집니다. 마른 장마철이라 비가 많이 오지 않았는데도 마곡천에는 시원스레 물 흐르는 소리가 귀를 의심케 합니다. 길을 중심으로 우측에는 하천이 흐르고, 좌측 산에는 거대한 나무들이 하늘을 가리고 있어 마곡사는 시원함의 절정을 보여줍니다. 여기에 머무르다가 돌아가도 더 이상 바람이 없을 것 같습니다. 절집을 세세하게 둘러보지 않아도 미련이 없을 것 같습니다.

마곡사 전경이 드러나는 입구에 다다랐습니다. 절집은 이따 보기로 하고 마곡천 지류를 따라 갔습니다. 잠시 올라가 보니 천연송림욕장, 은적암, 백련암으로 가는 등산로 안내판이 있습니다. 이 길이 좋긴 한데 트레킹 코스로 상당한 시간이 소요될 것 같아 다음으로 미루고 내려왔습니다. 혼자 왔으면 시간에 구애받지 않고 갔을 텐데 동행인이 있으면 멈추어야 할 때가 있습니다.

마곡사 절집으로 들어가는 첫 번째 해탈문을 만납니다. 이 문을 지나면 속세를 벗어나 부처님 세계로 들어가게 됩니다. 해탈문을 들어서니 앞에 천왕문이 기다리고 있습니다. 천왕문은 사천왕을 모셔놓은 문으로 불법을 수호하고 마귀를 막기 위해 세웠다지요. 어렸을 적에 절에 갈 때마다 천왕문에 있는 사천왕의 모습이 무서워 움찔했던 적이 있습니다.

마곡천을 건너기 전 해탈문과 천왕문 북쪽에 규모가 큰 가람이 여럿 있습니다. 이곳에는 명부전이나 영신전도 있지만 누구나 느낄 수 있는 스님들이 수행하는 선방이 있습니다. 들어가 보고 싶지만 하안거 중인 것 같아 조금이라도 방해될까 봐 힐끗 보기만 했습니다. 선방에서 수행하는 스님들의 마음은 어떨까 참 궁금합니다.

마곡천을 가로지르는 극락교 앞에 왔습니다. 극락교는 교량 양 난간을 둥글게 연결하여 하얀 연등이 빼곡히 달려 있어서 피안의 세계를 살짝 보여줍니다. 극락교를 넘어서면 삶과 죽음이 없을까요. 극락교를 건너가니 좌측에 범종각이 있고 정면으로 5층 석탑이 나타납니다. 5층 석탑과 대광보전, 대웅보전이 일직선으로 나란히 배치되어 있습니다. 경내에 들어서니 건물과 마당이 잘 정리되어 깨끗하고 나무까지도 사찰과 조화를 이루고 있습니다. 오늘따라 보살님 한두 분 외에는 아무도 보이지 않는 아주 고요한 산사의 전경입니다.

건물마다 다 둘러볼 수는 없고 사찰의 중심을 이루는 석가모니를 받들어 모신 대웅보전으로 올라갔습니다. 대웅보전에서 내려다보는 절의 풍경은 극락교에서 올려다보는 풍경과 어딘가 모르게 다릅니다. 명당은 아래에서 보면 어디가 명당인지 구별이 잘 되지 않으나, 명당에서 주변을 살펴보면 여기가 명당이라는 느낌을 받는 거와 같이 마곡사 풍경도 대웅보전에서 보는 것이 가장 멋스럽습니다. 위에서 보는 연화당, 심검당, 고방, 요사가 어우러져 있는 기와지붕의 모습은 이상향에 온 것 같습니다.

마곡사 경내를 둘러보고 군왕대에 오르기 위해 마곡천 징검다리를 건넜습니다. 군왕대는 마곡사에서 600m 정도지만 가파르고 송림이 우거져 있습니다. 군왕대에 올라오니 강한 지기가 느껴집니다. 송림이 울창하여 주변 산세를 자세히 볼 수는 없지만, 군왕대는 태화산 용맥이 내려오다 혈을 만들고 그 아래에 위치하고 있습니다. 조선 세조가 군왕대에 올라 "내가 비록 한 나라의 왕이라지만, 만세불망지지(萬世不忘之地)인 이곳과는 비교할 수가 없구나"라며 한탄했다고 전해집니다.

군왕대를 내려오는데 목탁, 독경소리가 들려옵니다. 그 소리에 맞추어 마곡사 본체를 바라보니, 대광보전과 대웅보전이 나무에 가려 보일 듯 말 듯합니다. 극락왕생이라는 연등을 극락교 앞에서 다시 보니 부모님 생각이 납니다. 부모님은 연로하여 거동이 불편합니다. 사람은 늙어갈수록 죽음 너머 세계에 대하여 두려움이 많은 것 같습니다. 내 부모님도 마찬가지겠지요. 마곡사에 부모님을 모시고 와서 극락교를 건너면 마곡사 경내의 풍경과 같이 죽음 너머의 세계도 이와 같다고 선의의 거짓말을 아니 확신을 심어주고 싶습니다.

여름의 절정을 보여주던 길로 돌아 나오는데 마곡천이 굽어 유장하게 흐르는 입구 쪽에서 노부부가 걸어오고 있습니다. 가까이서 보니 어떻게 저리 곱게 물들었을까, 고운 단풍을 보는 것 같습니다. 할머니는 누군가에게 미소를 지으며 전화를 하고, 할아버지는 그 옆에서 할머니를 바라보는 모습이 정말 행복해 보입니다. 오늘따라 좀 전에 마곡사 경내로 앞서간 젊은이들보다 노부부가 더 아름답게 보입니다.

마곡사와 헤어짐을 못내 아쉬워하면서 마음속 깊이 마곡사의 풍광을 가득 담아두었습니다. 다음에는 더 여유롭게 마곡사 주변 솔바람 명상길을 탐방해야겠습니다.

수원 서호의
서정

서호는 수원의 팔달산 서쪽 외곽에 있는 호수입니다. 호수 가운데에 수중 섬이 있어 한결 운치를 더하며 해 질 녘이면 낙조의 아름다운 풍광이 펼쳐집니다. 호수 뒤편으로 공원이 조성되어 있어 많은 사람이 운동 겸 산책을 합니다. 서호는 축만제의 다른 이름입니다. 축만제는 수원 화성의 동서남쪽에 설치하였던 4개의 인공호수 중 하나로 1799년(정조23)에 축조되었습니다. 축만제가 화성의 서쪽에 위치하여 서호라고 부릅니다.

나는 수원에 정착한 지가 16년이 되어 가는데 서호 가까이 살면서도 대면한 지는 몇 년 되지 않았습니다. 우연찮게 처음 서호에 갔을 때 도심 속에 아름다운 호수가 있다는 것이 무척 좋았습니다. 수원은 화성이나 광교산이 유명하지만 짧은 시간에 즐기기에는 서호만한 곳도 흔하지 않습니다.

휴일 오후 몸이 찌뿌듯하거나 특별히 할 일 없이 따분할 때, 아니면 조금 먼 곳으로 나들이 가기에는 시간이 여의치 않을 때 서호를 찾게 됩니다. 집에 있으면 아내도 별로 하는 일 없이 휴일을 보낼 때가 많습니다. 그래서 통상 아내와 함께 서호에 산책을 가곤 합니다. 어쩌면 서호에 산책할 때가 아내와 일상적인 대화를 가장 많이 나누는 시간입니다.

서호 초입에 들어서면 시골의 수수한 멋을 지닌 항미정이 있습니다. 정자의 이름은 소동파(蘇東坡)의 '항주(杭州)의 미목(眉目)'이란 시에서 따온 것이라고 합니다. 항미정에 오르면 서호가 한눈에 들어옵니다. 서호 둘레길 산책을 하기 전이나 돌고 나서 거의 쉬는 곳이 항미정입니다. 화사한 봄날이면 더욱 망중한을 즐길 만하고 세상 시름을 잊을 만한 곳입니다.

수원이 고향인 화가 나혜석의 작품에는 〈수원 서호〉가 있습니다. 나는 이 풍경화를 바라볼 때마다 아득한 옛날을 생각하며 그 시절로 돌아갔으면 합니다. 그 시절의 멋스러운 생활이 문명의 편리함이 있는 오늘날보다 훨씬 부럽기 때문입니다. 화려하지 않은 서호의 풍광이 어쩌면 저리도 곱고 예쁠까! 항미정에 나들이 나온 두 연인이 여기산과 서호를 배경으로 하여 담소를 나누는 모습은 정다움의 극치를 보여줍니다.

휴일 서호의 둘레길을 산책하다 보면 — 철새들을 관찰하느라 여념이 없는 사람들, 가족과 함께 돗자리를 펴놓고 여유롭게 쉬고 있는 사람들, 가지런히 설치된 운동기구를 따라 차례차례 운동하는 사람들, 아주 열심히 즐겁게 게이트볼을 하는 어르신들, 동호회 모임에서 악기를 연주하고 노래하는 사람들 등 — 일상풍경이 펼쳐집니다.

하루 중 서호 풍경의 운치가 가장 좋은 때는 해뜨기 직전인 것 같습니다. 호수 둘레길은 서서히 어둠에서 깨어나고, 하나둘 켜진 아파트의 불빛이 호수에 비치어 주변 건물이 온통 호수에 잠겨 있습니다. 팔달산 너머 동녘 하늘에는 검붉은 빛이 타오르고, 도심에는 가로등 불빛이 빛나는 밤과 낮이 공존하는 시간입니다. 방죽을 지나 공원길로 들어서면 어느새 밤의 흔적은 사라지고 아침이 밝아옵니다. 끝과 시작의 오묘한 섭리를 느껴봅니다.

초겨울 어느 일요일 오후, 홀로 서호에 산책을 갔습니다. 약간 쌀쌀한 날씨지만 서호의 겨울 풍광이 마음에 와 닿았습니다. 철새들이 먹이를 찾느라고 빼곡히 호수 위에 앉아 있고 방죽 아래 들판은 텅 비어 있습니다. 겨울이니 땀을 흘리지 않아도 되고 상대적으로 나들이객이 적어서 마음은 한결 여유롭습니다.

서호의 가장 좋은 볼거리 중 하나가 철새들입니다. 사계절 내내 새들을 볼 수 있지만, 그래도 겨울 철새가 수효도 많고 호수 위에 떠다니며 먹이를 구하거나 비행하는 모습은 장관을 이룹니다.

여름철 수중 섬에는 백로가 휴식을 취하고 있습니다. 백로는 서호 서편 여기산에 보금자리를 마련하고 여름을 보내다가 겨울이면 남쪽으로 떠납니다. 백로와 비슷한 왜가리는 만사가 귀찮은 듯 호숫가에 웅크리고 앉아 있습니다. 물닭은 쉼 없이 물놀이를 하는데 왜가리는 개으름뱅이같이 보입니다. 어찌 보면 왜가리는 사색하는 것도 같고, 물고기를 어떻게 잡을까 궁리하는 것도 같습니다.

백로가 떠난 호수에는 청둥오리, 쇠기러기를 비롯한 겨울 철새들이 찾아와 서호의 주인이 바뀝니다. 백로가 놀던 수중 섬 나무 위에는 가마우지가 까만 비닐이 걸린 듯 앉아 있습니다. 원경의 수중 섬 나무는 자작나무처럼 온통 하얗습니다. 처음에는 이상하게 생각했는데 그것은 새들의 배설물로 나무에는 백화현상이 나타난 것입니다. 가마우지가 얼마나 많았으면 그 배설물이 나무를 덮을까요? 새들의 서식지가 점점 줄어들어 겨울에 가마우지가 갈 데가 없는 모양입니다. 환경이 오염되면 생태계에도 이상이 생깁니다.

서호에 들어서면 저 멀리 광교산과 도심 속 팔달산이 시야에 들어옵니다. 가까이는 여기산과 아파트 그리고 전철이 지나가는 풍경을 볼 수 있습니다. 서호가 더 친근하게 다가오는 것은 방죽 아래 펼쳐지는 가지런히 경지 정리된 넓은 들판이 있기 때문입니다. 서호 들판은 농촌진흥청 국립식량과학원에서 벼에 대한 연구와 시험을 하는 곳입니다.

서호 들에서 자라는 벼 품종의 세세한 것은 모르지만 농촌의 사계절을 관찰할 수 있습니다. 봄이면 볍씨를 뿌리고 모내기를 하고, 여름에는 벼가 무럭무럭 자라 들판을 푸름으로 가득 차게 하고, 가을이 되면 이삭이 피고 영글어 황금벌판으로 이어지는 벼의 일생을 보는 것도 무지 즐겁습니다.

서호는 봄·여름·가을이 좋지만 그래도 겨울이 삶을 돌아보게 합니다. 텅 빈 들판은 사색과 철학의 계절이기도 합니다. 들판에 자라던 벼들은 어디로 갔을까? 벼의 일생처럼 우리네 인생도 사이클만 다르지 그렇게 변하고 있습니다. 황량한 저 들판에도 새봄이 되면 새싹을 피우겠지요.

추운 겨울 홀로 나온 할머니도 있습니다. 황혼의 여인은 호수를 바라보면서 어떤 생각을 할까요? 털모자를 쓰고 지팡이를 짚고 난간에 손을 얹고 철새들을 유심히 바라보고 있습니다. 미소를 머금은 모습으로 봐서는 지나온 세월이 그립기도 하고 아쉽기도 한 모양입니다. 누구나 느끼는 인생무상을 승화시키고 있는지도 모릅니다.

낙산사를
돌아보며

　가을이 저물어 가는 11월 중순, 오랜만에 설악산으로 1박 2일 가족여행을 떠났습니다. 가족이 다 함께 여행한 지는 10년이 넘은 것 같습니다. 가족여행을 계획하면 꼭 한 사람은 동참하지 못합니다. 이유야 어찌 되었건 두 아들 중 하나는 빠지니까 어떨 때는 의도적으로 비토당하는 기분이 듭니다. 이는 어린이와 청소년의 차이, 아니면 아들들의 생활이 바쁘거나 많이 성장했다는 방증일 수도 있습니다.

　크게 기대하지 않았는데 온 가족이 함께 여행하게 되어 상쾌한 기분으로 홍천, 인제를 거쳐 속초로 향했습니다. 우리는 속초에 살았던 적이 있고, 아들들이 어렸을 때는 자주 갔었기에 설악산과 동해바다는 매우 친근합니다. 여정 따라 가면서 이런저런 얘기도 나누며 추억의 시간을 가졌습니다. 가는 내내 내 마음속에는 낙산사가 다가오고 있었습니다.

다음날 오전, 돌아오는 길에 낙산사에 들렀습니다. 오랜만에 보는 낙산사, 그리움과 산불이 난 지 10여 년의 세월은 어떻게 변했을까 하는 기대로 설렙니다. 후문 매표소를 지나 먼저 눈에 들어오는 곳이 의상대입니다.

의상대! 달라도 너무 다릅니다. 보는 순간 실망감으로 허탈하고 조금은 속상했습니다. 의상대 주변의 옛 모습이 변하여 당황스럽기까지 합니다. 어떻게 저렇게 되었을까 발길을 돌리고 싶습니다. 아내도 나와 생각이 같은가 봅니다. 그래도 의상대에서 바라보니 푸른 동해바다가 한눈에 들어옵니다. 바다는 여느 때와 다름없이 고깃배가 떠 있고 갈매기가 날고 쉼없이 파도가 넘실거립니다.

홍련암 쪽을 한참 바라보았습니다. 낙산사는 신라 문무왕 11년(671), 의상대사가 창건했습니다. 동해안 바닷가 절벽 위에 자리한 홍련암은 의상대사가 세웠다고 합니다. 의상대사가 동굴 속으로 들어간 파랑새를 따라가 석굴 앞 바위에서 기도하다가 붉은 연꽃 위의 관음보살을 친견하고 세운 암자입니다. 많은 사람이 홍련암에 몰려 있어서 홍련암은 들르지 않고 해수관음상을 향해 올라갔습니다.

산불로 소실된 전각들은 복원되어 화려한 단청으로 치장했지만, 지은 지 얼마 되지 않는 것을 금방 알 수 있습니다. 복원을 위해 임들의 정성이 지극했겠지만, 고찰에서 중생을 보듬어주는 포근한 느낌이 나지 않아서 그런지 내 눈에는 성형미인 같습니다. 건성으로 보며 해수관음상으로 오르는 동안 지난 시절의 추억에 젖어봅니다.

낙산사는 누구나 한번은 가는 절이라는 생각이 듭니다. 우리나라는 이름난 사찰이 많지만 많은 사람이 다녀가는 절로는 낙산사가 으뜸일 것 같습니다. 예전에는 중·고등학교 수학여행을 설악산으로 많이 갔으니까요. 설악산에 여행을 오면 지나가는 여정이니 낙산사를 지나치지 않았을 것입니다.

나는 중·고등학교 때 수학여행을 설악산으로 갔습니다. 중학시절이나 고교시절이나 별 차이는 없지만 생각해 보니 40여 년이 훌쩍 지났습니다. 세월이 참 많이도 흘렀습니다. 의상대 앞에서 선생님이 의상대는 관동팔경의 하나라고 설명하고, 몇 시까지 모이라고 안내하면 학생들은 삼삼오오 뭉쳐서 관람을 했습니다. 모든 학생이 사진 찍는 곳이 의상대이기도 합니다. 그날의 학우들은 어디서 무엇이 되어 살아가는지 그리움이 맴돕니다.

또 하나의 잊을 수 없는 것은 2006년 1월 어느 날의 일입니다. 아침 6시, 해돋이를 보러 낙산사에 왔습니다. 그때 낙산사는 '2005년 4월 동해안 산불'로 인해 대웅전을 비롯하여 대부분이 소실되어 화상을 입은 모습이 안쓰러웠습니다. 그렇지만 해수관음상과 의상대가 건재하고, 스님·신도·관광객들이 함께하는 산사는 분명 새 모습으로 태어나고 있었습니다. 9년이 다 되어가는 시점에 다시 찾으니 슬프기도 하고 감개무량합니다.

해수관음상에 오르니 많은 사람이 불공을 드리고 있습니다. 나도 예전에는 법당에 들어가 부처님께 삼배 정도는 드렸었는데. 종교를 공부하다가 기복신앙은 참된 신앙이 아니라는 생각이 들어서 이제는 일주문에서 합장 정도만 합니다. 기도할 때 나 자신의 소원을 빌지 않으며, 인류의 평화나 국민의 평안을 빌 입장이 아니라서 그렇습니다.

해수관음상에서 보는 설악산과 동해바다는 정말 풍광이 멋집니다. 아름드리 소나무가 있었을 때는 설악산의 장엄함이 눈에 들어오지 않는데, 오늘 보니 대청봉이 저 멀리 떨어져 있는데도 강한 기운이 전해오는 것 같습니다. 산불은 많은 사람의 추억을 앗아갔지만 유일한 위안이 해수관음상에서 바라보는 설악산 대청봉의 위용입니다.

이제 다시 꿈이 이루어지는 길을 따라 원통보전·사천왕문·홍예문·일주문으로 내려갑니다. 낙산사는 일주문으로 들어와서 지금 내려가는 길이 정 코스인데 그동안 나는 일주문으로 들어온 기억이 없습니다. 올 때마다 낙산해수욕장 주변에 주차하고 들어왔기에 의상대·홍련암·해수관음상을 중심으로 바다 쪽만 본 것입니다. 그러니까 낙산사 경내를 전부 봤다기보다는 한쪽만 본 셈이 됩니다.

일주문으로 내려가면서 보니 낙산사의 주요 전각들이 이곳에 다 있습니다. 산불로 손실되어 새로 지었지만 예전의 모습을 잘 몰라서 그런지 그런대로 아름다움과 운치가 있습니다. 아차 하며 순간 삶을 돌이켜보게 됩니다. 그동안 사람과 사물을 만나고 대면하면서 한쪽만 보지 않았는지, 좋아하는 것만 보지 않았는지 편견이 많았던 것 같습니다. 내가 잘못 알았던 것에 대한 미안함과 후회가 밀려옵니다.

2005년 4월, 동해안에서 발생한 산불은 낙산사가 소실되면서 중요한 문화재를 잃은 쓰라린 교훈을 줍니다. 그때의 아픔과 파괴된 현장이 아직 남아 있으며 치유하고 복구했다지만 그 상흔은 숨길 수가 없습니다. 10여 년의 세월이 무상하지만 얼마나 고통스러웠을까! 들어오면서 의상대를 보는 순간 실망했던 내 마음은 금세 사라지고, 꿋꿋하게 인내하며 생명을 이어가는 저 거대한 힘에 경의를 표합니다. 다시는 이런 재앙이 없기를 바라며, 낙산사가 영원토록 잘 보존되기를 오랜만에 기도해 봅니다.

두타연의
비경과 비애

두타연은 강원도 양구 민통선 북쪽에 있습니다. 민간인 출입통제지역에 위치하다 보니 생태안보체험 관광지로 각광을 받습니다. 천혜의 비경을 간직한 국내 최대의 열목어 서식지이며, 50년간 출입금지 후 최근 개방되었습니다.

우리 사업단은 2015년 6월에 충주제천고속도로를 준공하기에 매우 바쁩니다. 그 와중에 기회가 되어 〈한가족 한마음 연수〉에 참가하게 되었습니다. 내가 연수에 참가한 주된 이유는 두타연이 연수코스에 들어가 있어서 무엇보다 두타연의 비경을 보기 위해서입니다. 두타연은 젊은 날에 아리따운 여인을 그리듯, 가슴을 뛰게 하고 신비로움을 더해줍니다.

두타연으로 가는 날 아침, 날씨가 꽤 쌀쌀합니다. 4월 중순인데 강원도는 산악지역이 많아서 그런지 날씨변화가 심합니다. 특히 4

월에 부는 강풍은 짜증이 날 정도로 성가시게 하며, 이는 봄바람이 아니라 한겨울보다도 더 추위를 느끼게 합니다.

어제만 해도 충주에서 주천강, 평창강을 따라 오는데 세찬 봄비가 내렸습니다. 메밀꽃으로 이름난 봉평에 오니 비가 진눈깨비로 변합니다. 점심을 먹고 구룡령 입구에 이르니 함박눈이 휘몰아칩니다. 구룡령을 오르는데 눈발은 차창을 사정없이 때립니다. 이상하게도 나뭇가지나 도로에는 눈이 쌓이지 않습니다. 눈발이 세차도 봄의 기운을 당할 수 없는 모양입니다.

나는 구룡령을 넘기까지 입을 다물지 못했습니다. 4월에 이렇게 많이 오는 눈을 처음 보았으니 그 신기에 묘한 웃음이 입가에 머물고 있기 때문입니다. 구룡령 정상에 오르니 눈이 엄청 쌓여 있습니다. 구령령을 한참 내려오니 눈은 그치고 언제 눈이 왔었나 싶을 정도로 하늘은 맑고 울창한 숲은 목욕을 한 듯 산뜻합니다.

연수 온 가족들은 오전 9시에 속초 연수원에서 양구 두타연으로 향했습니다. 미시령터널을 지나 인제 원통에 오니 군부대가 보입니다. "세월아 구보하라, 청춘아 동작 그만"이라는 모순적이던 그 시절이 스쳐 지나갑니다. 군복무를 동부전선에서 한 사람들은 누구나 그때 참 힘들었다고 말합니다. 철원·화천·양구·인제지역에서 전역할 때 부대장은 자기 부대가 가장 힘든 곳이라고 위로의 말씀을 합니다. 그 말도 다 맞습니다. 군복무는 어디가 되었건 힘드니까요.

드디어 평화의 누리길이 시작되는 이목정안내소에 도착했습니다. 두타연 출입신청을 하고 태그(위치추적목걸이)를 목에 걸고 민통선 안으로 들어갔습니다. 이목정안내소에서 두타연 주차장까지는 2km 남짓 됩니다. 차창으로 보이는 계곡과 하천은 낯선 풍경입니다. 사람이 들어갈 수 없을 정도의 원시림은 아니지만, 하천에 자라는 나무는 50여 년의 세월을 말해줍니다. 군데군데 도로 옆에는 지뢰지역 표시가 보입니다. 언뜻 보기에도 이곳은 지형이 특이합니다. 한탄강 지역과도 차이가 나고, 내가 군 복무했던 화천의 민통선지역과도 다릅니다.

관광안내소에서 하차하여 관광해설사를 따라 두타연으로 들어갔습니다. 두타연은 휴전선에서 발원한 수입천 지류의 북방에 위치하고 있으며, 금강산 가는 길목이기도 합니다. 자연의 아름다움과 신비를 간직한 이 계곡에 가파른 산의 능선이 병풍처럼 둘러져 있으며 상상 외로 공간이 넓습니다. 누가 봐도 절터가 아닌가 하는 느낌을 받습니다. 두타연은 1천 년 전 두타사라는 절이 있었다는 데서 연유한 이름이라고 합니다.

먼저 발길이 닿는 곳이 〈양구전투위령비〉입니다. 위령비를 보니 마음이 숙연해집니다. "양구전투위령비는 6·25 전란 중 치열한 격전지였던 양구지구 전투에서 산화한 호국영령들의 넋을 기리고

자 건립한 기념비"라는 해설사의 애잔한 목소리를 들으니, 더욱 그날의 아픔과 슬픔이 온몸으로 전해오며 우리는 함께 호국영령들에게 묵념을 드렸습니다.

건립취지문에는 이러한 내용이 있습니다.

"초연이 쓸고 간 깊은 계곡, 깊은 계곡 양지녘에 비바람 긴 세월로 이름 모를, 이름 모를 비목이여……." 양구에서 작시된 이 가곡은 지금도 우리 모두에게 애창되고 있습니다.

참혹했던 민족상잔의 시기에 이곳 양구지역은 피, 아간에 가장 치열하게 전투를 벌였던 곳입니다. 단장의 능선, 피의 능선…… 이름만 들어도 누구나 알 수 있는 격전지가 바로 여기입니다.

우리는 숙연함이 가시지 않는 채로 위령비 남쪽에 위치한 조각공원으로 이동했습니다.

두타연 조각공원은 전쟁을 겪지 않는 젊은 작가들이 전쟁을 모티브로 한 조각 작품을 전시하는 곳입니다. 직접적으로 참혹한 전쟁을 겪은 할아버지, 아버지 세대와는 달리 젊은이들이 느끼고 생각하는 전쟁을 자유롭게 표현한 작품이 흥미롭습니다. 하지만 전쟁의 비극과 분단의 현실은 작품으로는 다 말할 수 없습니다. 6.25 전쟁 당시 사용했다는 탱크와 대포, 호크미사일 전시가 과거와 현재를 대변해줍니다.

이제 두타연 코스 중 신비의 아름다움을 볼 수 있는 '두타정'으로 가봅니다. 두타정에 오르니 두타연 계곡이 한눈에 들어옵니다. 하천 쪽으로 깊숙이 설치된 전망데크로 걸어가니 계곡 상류지역과 두타연이 잘 보입니다. 하천의 유수량은 그리 많지 않으나 냇물은 일정하게 끊임없이 긴 세월과 함께 흘러왔을 겁니다. 특이하게도 깊게 파인 계곡에 물 흐르는 모양이 한반도 지형과 비슷합니다. 두타연은 계곡 사이를 굽이쳐 흐르는 과정에서 굽어진 부분이 절단되며, 폭포 아래에 형성된 물웅덩이로 폭포와 연못의 만남입니다.

두타연 맞은편에 있는 관찰데크로 가기 위해서는 생태탐방로를 따라 계곡상류로 조금 가다가 징검다리를 건너야 합니다. 징검다리를 건너기 전에 잠시 머뭇거려집니다. 관광안내도를 보면 하야교삼거리·포토존·비아목교·비득안내소로 이어지는 길이 한눈에 들어오는데 일정상 가지 못하는 것이 못내 아쉽습니다. 남한 비아리에서 내려오는 비아천과 북한 내금강에서 내려오는 사태천이 하야교 바로 아래쪽에서 합수한다니, 가보고 싶은 마음이야 굴뚝 같습니다. 포토존에서 금강산 가는 길이 선명하게 표시되어 있으니 더욱 가보고 싶습니다. 그 희망은 다음으로 미루고 두타연 상류 징검다리를 건너봅니다. 계곡에 흐르는 물은 참 맑습니다. 벌컥 마시고 싶은데 그냥 손만 담가봅니다. 징검다리에서 바라본 두타정과 전망데크는 한 폭의 그림입니다.

다시 천천히 관찰데크를 따라가며 두타교 출렁다리를 건너 소원성취대가 있습니다. 빼곡히 붙어있는 소원들, 그간 많은 사람이 다녀갔다는 흔적이지요. 소원성취대 주변으로 생태탐방로가 미로처럼 나있고 지뢰체험시설이 있습니다. 지뢰체험장 옆에 있는 금강산 가는 길 팻말 앞에 섰습니다.

"수도권에서 금강산 장안사로 가는 가장 빠른 길입니다. 양구 읍내에서 장안사까지는 약 50km, 두타연에서는 30km 정도의 거리입니다. 또한 분단 전에는 양구에서 금강산까지 나들이로 소풍을 다니던 아련한 추억의 길이기도 합니다."

위 안내 문구를 뚫어지게 보며 상념에 잠겨봅니다. 두타연의 신비로운 풍광보다도 자꾸 양구지구 전투가 떠올라 가슴이 아려옵니다. 지금 두타연에 있는 것도 기적입니다. 이번 연수에 참가한 것도 행운이며 특혜를 받은 것입니다. 그동안 잊고 지냈던 임들과 조국을 생각해 봅니다. 아름다운 이 강산을 수호하려고 목숨을 바친 호국영령들의 뜻을 받들어 사람과 세상을 더욱 사랑하고 싶습니다. 두타연의 비경은 남겨두고, 감사하는 마음만 가져가겠습니다.

제2장

사랑과 행복

설한에 흐르는
달빛 연정

　매년 겨울이 그렇지만 올 겨울은 유난히 춥습니다. 성상을 더할수록 겨울은 몸과 마음을 더욱 춥게 합니다. 이제 중년을 돌아 삶을 돌아보고 인생을 관조해야 할 때가 되었다는 것이지요. 세월은 청춘을 지나 어느새 장년도 갈무리하고 바람을 타고 달아납니다.

　저녁을 먹고 바로 숙소로 들어갔습니다. 오늘은 왠지 짜증이 난 하루였습니다. 사소한 일로 다툼이 있었기 때문입니다. 고(苦)의 진리를 조금만 생각했더라면 스트레스를 받지 않아도 되었을 텐데요. 나는 상대방의 잘못보다도 나 자신이 화가 났다는 것에 참 어리석음을 느낍니다. 우리 사는 세상에는 '고'라는 지뢰가 늘 깔려 있습니다. 그 지뢰를 밟지 않는 것이 최선이지만 설사 밟았더라도 터지면 그것으로 그만입니다. 내 앞에는 고가 없다고 생각하니, 고를 만나면 스트레스를 받는 것입니다.

몸과 마음이 찌뿌듯해서 이를 풀려고 야외에 있는 간이골프연습장으로 갔습니다. 겨울철이라 춥고 하니 이곳은 아무도 사용하지 않는 나만의 휴식공간입니다. 투광등을 겼는데 불이 들어오지 않습니다. 전구가 나갔겠거니 생각하며 이왕 왔으니 그저 빈 스윙을 하려고 했습니다.

그런데 달빛이 밝아 작은 흰 공이 잘 보입니다. 주위는 흐리지만 스윙하는 데는 문제가 없습니다. 흰 공만 응시하니 힘이 덜 들어가고 더 자연스럽습니다. 여느 때보다 소리가 경쾌하여 기분이 좋습니다. 드라이브샷을 이삼십 번 휘두르니 온몸에 열기가 나서 전혀 춥지 않습니다.

오늘따라 골프, 그 빛과 그림자에 대한 생각이 떠나질 않습니다. 골프는 연인과도 같습니다. 입문하기만 하면 평생에 걸쳐 애증의 대상이 되며, 쉽게 그만둘 수도 없는 많이 생각하는 대상 중에 하나입니다. 알게 된 순간부터 평생 빠져들고 고민하는 게 골프이니, 이 얼마나 묘합니까!

잠시 입김을 내뿜으며 주변을 둘러보는데, 하늘에는 달빛이 내리고 논과 사과나무밭에는 며칠 전에 눈이 와서 희끗희끗합니다. 엄동설한의 풍광이 이한치한이 되어 아름다움으로 다가옵니다. 먼 산과 하늘을 응시하니 문득 떠오르는 시가 있습니다.

"삭풍은 나무 끝에 불고 명월은 눈 속에 찬데"로 시작하는 김종서 장군의 시입니다. 지금 나는 6진을 개척하던 장군의 기상과 심정을 알 것 같습니다. 추워도 춥지 않고 혼자 있어도 외롭지 않은 것을 가슴 가득 느끼며 만끽하고 있습니다.

운동을 끝내고 마음이 들떠서 달빛 하늘을 응시하며 아내에게 전화를 했습니다. 저녁 안부를 묻고 김종서 장군의 시라고 하며 읊어주었습니다. 아내는 잘못 알아들었는지 '가수 김종서?'하는 것이었습니다. 나는 가수 김종서가 아니고, 백두산 호랑이 '김종서 장군.'이라고 다시 한 번 얘기를 했습니다. 곧바로 아내의 반응이 왔습니다.

"우수에 젖어 청승을 떤다"는 투로 겨울밤 날씨가 차니 배회하지 말고 빨리 숙소에 들어가라고 합니다. 진심으로 걱정해주는 것은 고마운데 오늘은 마음이 잘 통하지 않습니다. 더 이상 얘기를 나누어 봤자 좋을 것이 없다는 생각이 들었습니다. 평소에 아내는 감수성이 많아 조그만 것에도 감탄하며, 내가 약주를 하여 취했을 때 휴대폰으로 노래를 부르면 장단을 맞춰 줍니다.

차가운 밤이지만 백설에 달빛이 좋아서 한참을 걷다가 숙소에 들어왔습니다. 이 감흥이 여전히 남아 있어 누군가에게 전하고 싶었습니다. 시간이 흐르면 황홀한 감성도 식은 밥상과 같으니까요. 바로 그때 떠오르는 사람이 있었습니다. 아, 그녀.

그녀는 어린 시절 친구입니다. 그녀와 나는 세월이 많이 흐른 후에 알게 되었는데 친하게 지내는 사이가 되었습니다. 어느 날 가끔 통화하기로 불확실한 약속을 했습니다. 처음에는 서먹했는데 이제는 서로의 마음과 생각을 허물없이 다 얘기하는 정도입니다. 전화하면 별 얘기도 안 한 것 같은데 10분이 후딱 지나갑니다.

그런데 오늘밤 전화를 하려고 하니 밤 9시가 넘었습니다. 전화하기에는 좀 늦은 시간입니다. 그래서 남아있는 감정의 여운을 스케치하여 "차가운 밤 달빛이 좋아서"라는 제목으로 문자메시지를 보냈습니다.

새싹이 돋아나던 어느 봄날/ 창밖에는 아지랑이가 피어나고/ 우리들 가슴에 흐르던/ 그 빛은 고왔어요// 많은 세월이 흘러/ 그대를 만나고/ 새로운 세상이 주는/ 기쁨을 만끽하고 있어요// 그대가 있어/ 세상이 더욱 아름답고/ 삶이 한결 풍성해지고/ 내일이, 한 달이 기다려져요// 기억 속에 맴도는/ 흐릿한 추억이/ 아마 사랑이었을 거라고/ 바람이, 달빛이 전해주네요.

다음날 오후 그녀에게서 답신이 왔습니다. 아침에 일어나 문자를 보았는데 가슴이 뛰어 잠시 멍하였다고 합니다. 아주 오랜만에 느껴보는 그 감정, 정말 좋았다고 하며 이러한 것이 사랑이 아닐까라고 했습니다.

나는 어린 시절에 순박한 어린이들의 감정이 사랑이라고 어젯밤에 느꼈는데, 그녀는 그 시절을 뛰어넘고 현재의 우리들이 마음으로 나누는 이야기들까지 사랑으로 폭넓게 정의하고 있습니다. 나보다 한 수 앞서고 한층 높은 감성을 갖고 있다는 것을 알았습니다.

어렸을 적 시골에서 우물이나 연못을 들여다보면 물속이 다 보입니다. 사람도 어렸을 때는 친구의 마음을 알 수 있었는데, 성인이 되고 나이가 들수록 마음이 복잡하여 상대방의 마음을 볼 수가 없습니다. 물이 맑으면 물속을 들여다 볼 수 있듯이, 친구의 마음이 보이면 얼마나 흐뭇한지 미소가 절로 납니다.

이제 그녀는 나의 삶을 침범한 아름다운 사람입니다. 사랑이란 이름하에 감성을 일깨워주고 무럭무럭 자라나게 합니다. 그녀와 나는 멀리 떨어져 있기에 전화로만 한 달에 한 번 정도 얘기를 주고받습니다. 그 작은 이야기들이 세상을 아름답게 합니다. 가끔 외로움과 고독이 밀려올 때 그녀와 얘기를 나누면 서러운 마음도 치유됩니다. 많은 사람과 함께하는 세상은 아름답습니다. 그녀와 함께하는 작은 시간이 있어 세상은 더욱 아름답게 보입니다.

바람처럼
스쳐간 사람들

우수가 갓 지난 저녁이었습니다. 낮에는 휴지를 소각하면서 봄을 알리는 땅의 기운을 살짝 느꼈습니다. 마음이 뒤숭숭하여 옆 팀 동료와 약주 한 잔을 했습니다. 우리 조직의 좀 이상한 사람들과 세상 물정을 안주 삼아 마음껏 스트레스를 풀었습니다. 돌아오는 길에 하늘을 보니, 그믐으로 가는 달은 아직 떠오르지 않아 희미한 별빛만이 우주를 지키고 있습니다.

숙소로 들어와 평소처럼 음악을 듣고 있는데, 문득 어린 시절 시골 외갓집에 다니러 온 누나가 생각났습니다. 서울에 사는 그 누나는 밉지는 않았는데 나와는 싸움 아닌 싸움이 이어졌습니다. 한 번은 여름방학이었는데 나는 동네 아이들과 놀이를 하고 있었습니다. 놀이를 하다 보면 다투는 일이 숱하게 많습니다. 그런데 놀이를 지켜보던 누나는 자기와는 상관이 없을 성 싶은데 내게 불리하게 상대편을 펀드는 겁니다. 나도 모르게 화가 나서 누나를 발길로 차고 도망을 갔습니다. 누나는 악이 올라 뒤쫓아왔지만 나는 잡히지 않았습니다.

시간이 흘러 이듬해 봄이 되었습니다. 어머니 심부름으로 들에 가서 파를 뽑아 오는데 갑자기 나타난 누나는 내 손목을 꽉 잡는 것입니다. 눈을 마주하니 작년 여름방학 때의 분이 아직도 안 풀린 것 같습니다. 나는 어쩔 수 없이 미안하다고 했습니다. 그제서야 분을 삭이고 한 번만 더 까불면 그만두지 않겠다고 합니다. 그 후로는 만난 기억이 없습니다. 그동안 잊고 살았는데, 늘씬한 몸매에 긴 머리를 한 그 누나가 오늘 밤에 문득 떠올랐습니다. 잠시 그 시절로 가 보니 미소가 피어납니다.

오늘밤처럼 약간의 고독이 밀려오면 많은 것이 생각납니다. 일보다도 사람이 먼저 떠오릅니다. 그동안 내가 잊고 산 사람들 말입니다. 바람처럼 스치고 지나간 짧은 인연이, 어설픈 만남이 파도처럼 밀려옵니다.

중학시절 읍내에서 자취생활을 할 때였습니다. 할머니가 밥을 해주었으니 실은 자취라고 하기에는 호강에 겨웠습니다. 그래도 생활하다 보면 창피스러운 일이 많았습니다. 일례로 토요일에 시골집에 갔다가 일요일 오후에 양식거리를 버스에 싣고 여학생들과 마주쳐야 하니 그 기분이 착잡했습니다. 그래도 대부분의 학생들이 같은 처지니까 이해는 됩니다.

중3 여름방학이었는데 주인댁 할머니 손녀딸이 서울에서 내려왔습니다. 그녀는 첫눈에 확 다가왔습니다. 여고생인 것 같은데 참 예뻐서 똑바로 쳐다볼 수가 없었습니다. 그 당시 나는 수줍음이 많아 말은 더욱 걸지 못했습니다. 마당을 지나가다가 마주치면 곁눈으로 살짝 보는 정도였습니다. 자취하던 집은 새집이어서 깨끗하고 지대가 높아서 전망이 좋았습니다. 그녀가 담장에 서서 시내를 내려다보던 그 모습이 아직도 생생합니다.

날씨는 무더워지고 녹음이 짙어가는 유월에 봉사활동을 간 적이 있습니다. 대학교 1학년 때였는데 거창한 봉사활동이라기보다는 단 하루 농촌일손 돕기였습니다. 농번기가 되면 농촌은 늘 바빠서 일손이 모자랍니다. 그 당시 모내기는 이양기가 없었을 때여서 손으로 모를 심었습니다.

우리들은 젊음이 왕성하여 이 정도 일쯤이야 하며 자신만만했습니다. 그런데 농사일은 힘만으로 되는 것이 아니었습니다. 숙련이 되지 않는 사람은 농사일이 어렵고 바로 지겨움을 느낍니다. 그런 감을 받았지만 오늘 하루만 하면 되니 참아가며 열심히 모를 심었습니다. 새참으로 주인 어르신이 주는 막걸리도 한잔 하면서 즐겁게 모내기를 마치고 돌아가는 시내버스를 탔습니다.

어느덧 버스는 농촌 들녘을 한참 지나 간이정류장에 멈추었습니다. 2차선 도로의 맞은편에서 한 대의 버스가 오고 있었습니다. 하교시간이라 맞은편 버스에는 여고생들이 하나 가득 타고 있었습니다. 그들은 도심을 빠져나와 시골마을로 가고, 우리는 시골에서 시내로 들어가는 길이었습니다. 양 버스는 반가운 사람을 만난 듯 잠시 정차하고 있었습니다. 풀잎처럼 싱그럽고 영롱한 눈망울을 간직한 여고생들을 보니 마음이 저절로 움직였습니다. 막걸리 한 잔 한 기운이 남아있는 탓도 있었겠지요. 나도 모르게 여고생들에게 살짝 윙크하게 되었습니다. 바로 여고생들은 합창이라도 하듯이 '윙크 못 해요~'하며 함성을 지릅니다. 그 순간 약간은 당황스러웠지만 기분은 좋았습니다. 그날의 함성이 오늘도 귓가에 맴돌고 그들은 무엇이 되어 있을까 상상해 봅니다.

직장생활에서 가장 기억에 남는 것이 무엇이었냐고 묻는다면, 나는 주저 없이 춘·추계 체육의 날 행사라고 생각합니다. IMF 전만 하여도 체육행사는 말이 그렇지 사실은 자연과 교감하고 명승고적이나 문화를 탐방하는 것입니다. 지금은 사회의 비난의 눈이 무서워 일과시간에는 할 수도 없고, 휴일에 하자니 직원들이 반발하여 거의 유명무실하게 되었습니다.

직장 초년이던 어느 가을날, 청도 운문사로 체육의 날 행사를 갔습니다. 운문사는 석남사, 내원사와 같이 여승들이 수도하는 곳입니다. 우리 일행은 운문사를 둘러보고 시냇가로 가고 있었습니다.

그날따라 냇가에서 10여 명의 여승들이 빨래를 하고 있었습니다. 맑은 물이 흐르는 시냇물과 여승들이 어우러진 풍광은 한 폭의 멋진 그림입니다.

여승들은 삭발해서 그런지 참 어려 보입니다. 한편으로는 애처롭고 어떻게 보면 삶의 길이 험난하다 해도 인생길을 잘 찾아가는 것 같습니다. 나도 한때는 그들이 가는 길을 밟고 싶었습니다. 여러 사람이 지나가니 그 중에는 참 짓궂은 사람도 있게 마련입니다. 내가 운문사 대웅전에서 부처님께 삼배를 드릴 때 비아냥거리는 소리가 들리듯이, 여승들이 듣기 거북한 말을 하는 사람도 있습니다. 우리 일행은 여승들에게 누가 될까 봐 빨리 그 자리를 벗어났습니다.

아직도 그날의 영상이 선명하고 아련합니다. 그들은 어느 사찰의 주지스님이 되어 있겠지요. 여승들이 빨래하던 시냇물은 이 어두운 밤에도 끊임없이 흘러가고, 삼라만상은 빠르게 때로는 느리게 변하고 있습니다. 지나간 세월은 한순간입니다. 파르라니 깎은 머리, 정갈한 승복, 언제나 고운 자태, 마음의 미소까지도 그날의 스쳐간 인연이 소중합니다.

세상에는 아름다운 사람이 많습니다. 지난 시절을 돌아보면 그리운 사람이 많습니다. 그들은 어디서 무엇을 하며 살까요? 그날의 영상이 이 밤을 짓누릅니다. 그들은 지금 나와는 아무런 관계가 없는데 오늘따라 그리움이 밀려옵니다.

　세월은 나도 모르게 흘렀습니다. 그날의 기억이 나를 아프게 합니다. 그날의 추억이 나를 평온하게 만듭니다. 삶은 사람과 사람이 함께 하는 것입니다. 한 줄기 바람처럼 스쳐간 인연일지라도 나이가 들수록 그들이 소중합니다. 바람은 불어 청산을 넘고 강물은 흘러 바다에 이르듯, 우리는 그렇게 가고 있습니다. 잊고 산 사람들과 잊었던 영상이 떠오를 때 얼마나 행복한지.

아들과의
동행

명절이 다가오면 두 아들에게 시골 할머니 댁에 가자고 합니다. 당연히 안 갈 줄 알면서도 의사를 물어봅니다. 그러면 아들은 "안 갈 줄 알면서 열 받으라고 그러시는 거죠?" 합니다. 맞는 말인데 습관적으로 물어보게 됩니다.

시골에 가면 부모님은 애들은 안 데려왔느냐고 묻습니다. 처음에는 이런저런 핑계를 댔는데 이제는 할 말이 없습니다. 내가 아들에게 시골에 가자고 하는 거와 같이 부모님도 손자들이 안 올 줄 알면서도 매번 묻습니다.

두 아들은 초등학교 때는 잘 따라 다녔는데, 중학생이 되니까 공부한다는 핑계로 시골에 가려고 하지 않습니다. 시골에는 놀 거리도 별로 없고 이삼일 머무르는 것이 아들에게는 고역인 것 같습니다. 문화와 환경이 변하여 세대 간의 차이도 있고 삶의 방식이 다르다는 것이지요. 어쩌면 이는 보편적이고 자연스러운 삶의 변화입니다.

추석이 가까워졌습니다. 아들에게 시골에 가자고 의사를 물으니 가겠다고 합니다. 뜻밖이긴 한데 아들은 지난 5월에 군복무를 마쳐서 할아버지, 할머니께 인사드려야 한다는 마음을 간직하고 있었던 것 같습니다. 나는 오랜만에 아들, 아내와 함께 시골에 갔습니다.

추석 전날 오후에 도착하여 온 지도 몇 시간 지나지 않았는데 아들은 따분해하는 것 같습니다. 이른 저녁을 먹고 아들에게 바람 쐴 겸 드라이브하자고 하니 바로 응합니다. 우리는 마을을 나와 공사들을 지나 금당실로 갔습니다. 올해는 추석이 일러서 들에는 벼가 한창 익어가고 있습니다.

금당실은 경북 예천군 용문면 소재지에 있는데 시골집에서 4km 정도가 됩니다. 거리는 가까운 편이나 이웃 면 소재지라서 생활권역은 아닙니다. 그래도 어린 시절에는 부모님, 동네 어르신들 따라 자주 갔던 곳입니다. 그렇지만 시장 외에는 가보지 않았기에 자세한 것은 잘 모릅니다.

내려오는 이야기에 따르면, 우리나라 10승지의 하나로 예천 금당동을 꼽는데 이곳이 용문면 소재지입니다. 또한 태조 이성계가 도읍을 정하려 무학대사와 전국을 주유하면서, 이곳에 들러 서울이 되는 후보지 중에 포함된 곳으로 지금도 이곳 주민들은 '금당맛질 반서울'이라는 말을 쓰고 있습니다.

면사무소 앞에 주차하고 조금 걸어가니 돌담으로 쌓인 넓은 집 터가 나타납니다. 한눈에 보이는 금당실은 지세가 안온하고, 주변 산세가 미려하며, 들판이 풍요롭습니다. 그즈음 나는 풍수를 공부하고 있어서 아들에게 잘 모르지만 풍수적으로 설명하고 있었습니다. 집터 안을 들여다보는데 밭을 손질하던 촌로가 나옵니다. 인사를 나누니 이곳이 구한말 양주대감 이유인의 99칸 저택 터라합니다. 좋은 곳에 살아 행복하시겠다고 하니, 촌로는 잠시 머뭇거리더니 그래도 남모르는 아픔이 있다고 합니다. 나는 아들과 돌담길을 걸으면서 아무리 집터가 좋아도 그 넓은 모든 곳이 다 좋을수는 없다고 얘기하며, 혹여 촌로가 사는 집에 수맥이 흐른다면 건강상 안 좋을 수 있다고 했습니다.

아들과 걷는 돌담길은 정겹습니다. 겉보기에는 민박도 하나 봅니다. 고택 뒤에는 쓰러져가는 폐가도 있습니다. 돌담길을 둘러보니 이곳은 일종의 체험마을입니다. 숙박도 하고 농촌체험도 하고 즐거운 시간을 보낼 수 있는 곳입니다. 금당실은 옛날 고택과 초가집이 잘 어우러져 있으며, 자연과 문화를 한꺼번에 즐길 수 있는 곳입니다. 마을을 한 바퀴 둘러보면 작은 민속마을 같습니다.

나는 살아오면서 둘째 아들과의 기억에 남는 추억은 휴일날 함께 영화를 본 것이었습니다. 그때 초등생이던 아들은 잘 따라다녔습니다. 그때 보았던 대부분의 영화는 〈동갑내기 과외하기〉 등 드라마, 코미디 장르였습니다. 어떤 때는 하루에 두 편을 보았습니다. 오전에 한 편을 보고 점심으로 햄버거를 먹고 오후에 다시 영화를 보았으니 영화광 수준이었습니다. 영화를 보는 순간순간에 아들의 표정을 보면 천진난만하게 웃는 모습이 참 흐뭇하게 다가왔습니다.

아내와 나는 아이들 교육에는 극성스럽지 못했습니다. 그렇게 하고 싶지도 않았고, 자신이 하고 싶은 것을 하는 것이 좋을 거라 생각했습니다. 아이들이 어떻게 생각하는지는 모르지만 내가 보기에는 자유방임 내지 방목수준이었습니다. 어떻게 사는 것이 좋은지 인생에는 정답이 없기에, 어쨌든 한 판의 인생이 아니겠습니까.

시골집에 가면 아버지는 약주 한잔 하시고 감정이 복받치면 반복적인 레퍼토리를 시작합니다. 다름아닌 지난 시절 아버지의 어려웠던 환경을 안타까워하며, 여러 사람이 있는데 공부하던 때를 얘기합니다. "듣기 좋은 노래도 장 들으면 싫다"는 속담도 있듯이, 나는 그 이야기가 너무 싫었습니다. 그러나 이제는 어떤 옛이야기를 하더라도 개의치 않고 듣고만 있습니다.

그런데 나도 아버지처럼 아들에 대해 특히, 둘째 아들에게 유독 듣기 싫어하는 지나간 이야기를 무심코 한 적이 많았습니다. 그러한 것이 아들에게 상처가 될 수 있고, 활발한 성장에 장애가 된다는 것을 미처 생각하지 못했습니다. 어느새 대견하게 성장한 아들을 보니 더욱 미안한 마음이 듭니다. 아들이 아버지를 헤아리지 못하듯이, 나도 아들의 마음을 잘 알지 못합니다.

이제 해는 서산으로 기울고 서서히 어둠이 내리고 있습니다. 우리는 다시 '초간정'으로 향했습니다. 초간정은 금당실에서 3km 정도 거리에 있는데 용문사 가는 길옆에 자리하고 있습니다. 초간정은 우리나라 최초의 백과사전인《대동운부군옥》을 저술한 초간 권문해가 지은 정자입니다. 초간정은 초등학교 때 소풍을 간 적이 있어 친근하고, 예천 용문사를 가고 오면서 자주 들른 곳입니다.

초간정에 도착하니 흐릿하나 주변을 알아볼 수 있는 정도는 됩니다. 개천 쪽 의자에서 장년으로 보이는 남녀가 오순도순 정답게 얘기를 나누고 있습니다. 참 부러운 장면입니다. 얼핏 보기에 두 사람이 부부인 것도 같고, 시골에서 함께 자란 친구인 것도 같습니다.

우리는 개천 다리를 건너고 돌아서 초간정사주문 앞에 오니 문이 열려 있어서 안으로 들어갈 수 있었습니다. 입구에는 체험민박을 한다는 안내판도 있습니다. 정자 아래에는 금당천 상류의 깊고 협소한 하천이 돌아서 흘러가고 기암괴석이 어우러진 풍경이 유려합니다.

초간정은 뒤쪽과 오른쪽이 절벽을 이루고 있습니다. 자연 기단 위에 주추를 놓고 네모기둥을 세운 정면 3칸, 측면 2칸 규모로 지붕은 옆면에서 볼 때 여덟팔(八)자 모양의 팔작지붕입니다. 앞면 왼쪽 2칸은 온돌방을 배치하고 나머지 4칸은 대청마루로 4면에 난간을 설치해 두었습니다. 난간은 건축물의 멋이기도 하지만 정자가 개천 가까이에 위치하여 절벽으로 떨어질 수 있는 위험을 방지하기 위한 지혜인 것 같습니다.

우리는 나란히 대청마루에 누웠습니다. 아들은 어렸을 때 아버지를 따라하던 행동을 재현하는 것 같습니다. 잠시나마 옛사람들의 고풍스러운 멋과 풍류를 생각해 보았습니다. 여름날 대청마루에서 책도 읽고, 물소리를 들으며, 망중한을 즐기는 멋이 얼마나 아름다웠을까 푹 빠져봅니다.

어두컴컴한 한적한 시골길을 따라 아들과 동행을 하니 따스하고 소박한 멋이 흐릅니다. 시골집으로 돌아오면서 아들과의 아련한 추억을 떠올려 봅니다.

아들이 공군에 입대하던 날, 우리는 함께 진주 교육사령부로 갔습니다. 가는 내내 마음이 짠했지만 이런저런 얘기를 나누면서 지난날을 회상했습니다. 그 시간들이 바람처럼 냇물처럼 흘러 어느새 아들은 청년이 되었습니다. 입소할 시간이 되니 맑았던 하늘이 입소 가족들의 마음을 아는지 흐려지며 비가 내립니다. 그 많은 청년이 조국의 부름을 받아 교육사령부를 가득 메웁니다. 아들은 낯선 환경에 대한 떨림도 있겠지만 아버지의 귀갓길을 걱정하며 먼저 가시라고 합니다. 헤어지면서 아들의 뒷모습을 바라보는데, 아들은 연병장에 들어가기 전에 다시 돌아서서 손을 흔듭니다. 나도 손을 흔들면서 마음은 아리고, 눈시울이 젖던 그때를 잊을 수 없습니다.

행복지수

　행복은 누구나 바라는 것입니다. 행복은 삶에서 만족감을 느끼는 상태입니다. 행복한 삶이 어떠한 것인지 사람마다 생각이 다르고, 추구하는 조건이 다양하기에 정의하기는 어렵습니다.

　보편적으로 사람들은 성공적인 삶을 행복한 삶과 동일하게 생각합니다. 그래서 행복의 조건을 돈, 권력, 명예, 건강 등에서 찾습니다. 그리고 대부분의 사람이 이것들을 삶의 목표로 삼아 전력투구합니다. 건강은 행복한 삶의 전부는 아니지만, 건강하지 않으면 행복하지 않기에 매우 중요합니다. 돈이나 권력, 명예는 행복의 조건이지만 이것들을 가졌다고 해서 반드시 행복한 것만은 아닙니다. 이와 같은 조건들은 진정한 행복이라고 할 수는 없지만 삶을 다소 편리하게 합니다.

　지구촌에는 많은 국가가 있고 다양한 사람이 삶을 영위합니다. 행복지수는 자신이 얼마나 행복한가를 스스로 측정하는 지수입니다. 행복지수를 말할 때 개인보다는 국가별 행복지수를 비교합니다. 잘 사는 나라가 행복지수가 높을 것 같은데, 국가별 행복지수를 보면 경제력과 행복은 반드시 일치하지 않습니다. 특히 우리나라는 높은 경제성장률에 비해 행복지수가 낮은 편입니다. 반면에 부탄은 경제력과 상관없이 거의 모든 국민이 행복하다고 느낍니다. 1인당 국내총생산이 2,000달러에도 미치지 못하는 부탄은 행복지수가 아주 높습니다. 경제력은 행복의 중요한 요소 중에 하나지만 그게 다는 아니라는 것이지요.

청마의 해를 맞아 처음으로 몇몇 지인들과 저녁을 하게 되었습니다. 그 중에는 한국도로공사를 퇴직한 선배도 있었습니다. 그 선배는 둘째 딸이 결혼을 하게 되었는데 결혼식 장소가 경북 안동이라고 합니다. 거리가 멀어서 결혼식 1주일 전, 수원에서 지인들에게 인사도 드릴 겸 피로연을 한다며 초대를 합니다. 나는 결혼을 축하하고 흔쾌히 가겠다고 했습니다.

2월 중순 토요일 저녁 5시, 피로연 장소에 가니 벌써 많은 하객이 와 있었습니다. 웨딩홀 뷔페식당에는 손님이 2백여 명은 족히 됩니다. 아는 사람이 대부분이어서 서로 인사를 나누었습니다. 여기 온 손님들은 하나같이 밝아 행복이 얼굴에 나타납니다. 오랜만에 보는 시골의 잔칫집 같습니다. 물론 혼주가 대인관계도 넓고 원만하며 그동안 열심히 살아와서 그렇겠지만 말입니다.

오늘 피로연은 보여주기 위한 형식적인 결혼식하고는 거리가 먼 화려하지 않으면서도 멋이 있고 즐거움이 피어나는 자리입니다. 신랑 신부와 부모님이 함께 손님을 찾아다니며 환하게 인사하는 모습은 진심 그 자체입니다. 새로운 인생을 출발하는 두 사람의 앞날에 축복이 가득하기를 빕니다.

나는 한국도로공사 직원들의 경조사에 우리 기관 직원 외에는 참석을 잘 하지 않는 편입니다. 오늘은 혼주가 나와 절친하여 참석했습니다. 그런데 생각지도 못한 행복에 대한 의외의 수확이 있었습니다. 집으로 오면서 피로연에 온 우리 공사 직원들이 왜 다른 때보다 행복하게 보였을까 곰곰이 생각해 보았습니다. 그들 대부분이 기능직이기 때문일 거라고 결론을 내렸습니다.

기능직은 특정한 것을 만들거나 다루는 재능을 필요로 하는 직책으로서 어느 조직이나 있습니다. 일반적으로 직군은 크게 행정직과 기술직으로 나눕니다. 기능직은 기술직에 속한다고 할 수는 있지만 업무를 수행하는 데 있어서는 차이가 있습니다. 행정직이나 기술직은 업무의 범위가 넓고 높은 수준의 능력을 요하는 경우가 많습니다. 이에 비해 기능직은 자신의 재능이나 숙련으로 업무를 수행하기에 기획업무가 거의 없으며, 고위직으로 승진하는 경우도 드뭅니다.

입사 초년에 기능직보다는 행정직인 내가 당연히 행복할 거라고 믿었습니다. 그들보다 능력이 뛰어나고 회사에서만큼은 희망이 클 것이라 생각했습니다. 20년이 훨씬 지난 지금 우리의 삶을 비교해 보면, 그들의 행복지수가 더 높다는 것을 인정하지 않을 수 없습니다. 오늘 비로소 그것을 확인했습니다.

행정직이나 기술직은 승진의 달콤한 열매는 있지만, 기획업무에서 자유로울 수 없기에 직장생활에서 늘 고민하고 질책을 당하는 등 스트레스를 받습니다. 반면에 기능직은 회사생활에서 그리 고민할 필요도 없고, 주어진 업무만 열심히 하면 되니 스트레스가 덜한 편입니다. 그들은 자신의 삶을 직시하고 살아가기에 마음이 편안할 겁니다. 1년은 긴 시간이 아니지만 같은 삶이 10년, 20년이 지속되면 삶에는 어마어마한 차이가 납니다.

행복은 이분법적인 직종으로 분류할 수는 없습니다. 세상에는 직종이나 직급에 관계없이 행복하게 사는 사람이 많습니다. 오늘 참석했던 피로연의 분위기가 내게는 신선하게 다가왔고 그렇게 보였던 것입니다.

우리보다 훨씬 못 사는 부탄 국민의 행복지수가 왜 높은지를 알 것 같습니다. 그들은 사회구조나 직업이 우리보다 단순하고 보편적이기에 행복지수가 높을 수밖에 없습니다. 부와 권력, 명예에 있어서 다른 사람과 비교할 필요가 없고, 자기 방식대로 살아가기에 행복지수가 높은 것입니다. 그것은 몇백 년을 내려오면서 그들의 문화와 환경이 삶을 그렇게 만들었을 겁니다.

참 이상합니다. 우리의 관점에서 보면 의식주가 부족하여 정말 못사는 나라 사람들이 지금의 우리보다 더 행복지수가 높습니다. 이것은 물질의 풍요와 문명의 발달 차이가 아닌, 지금 처한 상황을 바라보는 관점의 차이에서 행복이 달라지는 것 같습니다. 또한 많은 것을 가지고 있지만 더 많은 것을 가지려고 애를 쓰며, 현재의 상황에 만족을 못 하는 사람과 당장 마실 물과 음식 그리고 편안히 누울 자리만 있으면 더 이상 바라지 않고 행복함을 느끼는 사람의 차이입니다.

사람은 처해진 상황에 따라 행복지수는 달라집니다. 행복은 오늘을 만족하는 것이고, 자신의 인생을 사는 것입니다. 더 나아가 행복은 사람을 사랑하고, 세상을 희망적으로 보는 것입니다.

음성 꽃동네

긴 겨울이 지났으나 아직도 대지는 황량합니다. 3월 중순으로 접어드니 봄을 재촉하는 비가 내립니다. 오늘은 음성 꽃동네에 처음으로 봉사활동을 가는 날입니다. 점심시간에 하던 국선도 수련을 일찍 끝내고 오후에 봉사활동에 동참했습니다. 차창으로 스치는 비에 젖은 텅 빈 들판과 나무들을 바라보니 마음이 한결 포근해집니다. 이 비 그치면 산과 들에는 만물이 소생하고, 꽃동네에는 꽃이 만발하겠지요.

드디어 우리 20여 명은 꽃동네에 도착했습니다. 꽃동네에 들어서니 오늘 일정을 안내할 수녀님이 반갑게 맞아줍니다. 우리는 곧바로 사랑의 영성원으로 이동했습니다. 꽃동네 초입에는 '오웅진 신부 교황 알현'이라는 현수막이 붙어있고, 이동 중에 최귀동 할아버지 동상도 보입니다. 동상 뒤편에는 "얻어먹을 수 있는 힘만 있어도 그것은 주님의 은총입니다"라는 표석이 있습니다. 이동하는 동안 놀라운 것은 꽃동네의 규모가 매우 커서 대학캠퍼스에 온 느낌이었습니다.

내가 처음 꽃동네 이름을 들었을 때가 30여 년 전인 듯싶은데, 그때에는 꽃동네가 종교시설로서 어려운 사람들을 돕는 정도로 알았습니다. 한국도로공사에 입사하여 중부고속도로를 지나갈 때 음성나들목(지금은 대소나들목)이나 진천나들목에 음성 꽃동네라는 안내간판을 본 것이 고작입니다. 음성제천고속도로 건설현장에 근무하면서도 꽃동네가 어디에 있는 줄을 몰랐습니다.

2013년 7월, 음성충주고속도로 조기개통과 관련하여 업무상 꽃동네를 방문한 적이 있었습니다. 그때에도 사무실에만 와 봤기에 꽃동네는 생각보다 규모가 크다는 정도였습니다.

차도를 따라 산허리를 몇 번 돌아올라 영성원에 도착했습니다. 영성원은 지대가 높아 꽃동네 안쪽 전망이 한눈에 들어옵니다. 개구리가 겨울잠에서 깨어난다는 경칩이 지났지만 아직도 꽃동네에는 겨울의 기운이 남아있습니다. 나는 꽃동네의 스산한 겨울나무들을 보면서 잠시 꽃동네에는 꽃이 없다고 생각했습니다. 하지만 영성원에서 바라보는 꽃동네는 머지않아 꽃피는 봄 사월이 되면 화사하고 영롱한 꽃들이 만발할 것입니다. 그보다 보이지 않는 꽃동네의 숭고하고 거룩한 가족들이 아름다운 꽃을 피울 것입니다.

이윽고 영성원 3층 강의실에서 수녀님은 꽃동네를 소개합니다.

동영상을 보기 전에 수녀님이 보아온 꽃동네의 여러 가지 얘기를 들려줍니다. 창밖에는 사랑의 비가 내리고 수녀님의 성스러운 목소리가 가슴으로 스며드니, 이보다 더 아름다운 영혼의 울림이 있을까요?

잠시 생각해 봅니다. 성직자의 삶은 거룩하고 숭고하며 축복입니다. 그렇지만 성직의 세계에도 나름대로 어려움이 있을 것입니다. 나는 수녀님을 보며 지난 삶을 되돌아보았습니다. 지금 수녀님을 보니 부러움 반이 있으며, 지난날을 회상하니 후회 반이 있습니다. 하지만 내 삶도 성직자들의 마음과 같으니 나쁘지 않다고 봅니다.

동영상을 보는 내내 눈을 뗄 수가 없었으며, 내용 일부를 소개하면 이러합니다.

꽃동네는 1976년 9월 오웅진 신부와 최귀동 할아버지의 인연에서 시작됩니다. 당시 무극 천주교회로 부임한 오 신부는 깡통을 들고 절뚝거리며 성당을 지나는 거지 노인을 따라갑니다. 동냥해온 음식을 병든 18명의 거지들에게 먹이는 장면을 목격합니다. 이에 깨달음을 얻은 오 신부는 시멘트 벽돌로 사랑의 집을 지어 이들을 수용합니다. 이것이 꽃동네의 시작입니다.

동냥한 밥으로 부랑인들을 먹인 인물이 바로 최귀동 할아버지였습니다. 그는 충북 음성군 금왕읍에서 부잣집 아들로 태어났습니다. 일제 징용에서 돌아오니 집안은 풍비박산이 났고, 몸은 병들어

무극천 다리 밑에 거적을 치고 걸인이 되었습니다. 그 후 40여 년 동안 남의 밥을 얻어다가 자기보다 못한 걸인들을 보살피며 살았습니다.

꽃동네는 그저 그러한 복지시설이 아닙니다. 꽃동네는 상상 너머의 거룩한 세상입니다. 꽃동네에 오면 순기능의 위대한 나비효과를 볼 수 있습니다. 가난으로 어려웠던 시절, 몸도 성치 않았던 거지 할아버지는 동냥해온 음식을 병든 거지들에게 먹이기 위해 사람을 긍휼히 여기는 한 마리 나비가 되었습니다.

그 사랑은 꽃동네를 국내 최대의 사회복지시설로 성장하게 했습니다. 꽃동네에는 부랑인 요양원, 정신 요양원, 노인 요양원, 인곡 자애병원 등의 시설이 있습니다. 꽃동네는 충북 옥천, 경기도 가평 등에서도 사회복지시설을 운영 중이고, 세계 10개 나라에 분원을 두고 있습니다.

오늘 우리가 봉사활동을 하는 곳은 희망의 집입니다. 꽃동네는 장애나 아픔 등의 유형에 따라 동별로 되어 있는데, 희망의 집은 중증장애인들이 생활하는 곳입니다. 봉사활동은 어디나 비슷합니다. 희망의 집에서도 장애우들과 함께하고 청소하며 목욕을 시키고 산책을 하며 말벗 되기 등을 합니다. 그러나 오늘은 비가 와서 우리는 창고를 정리하는 것으로 일정이 바뀌었습니다.

희망의 집에서는 160여 명의 장애우들이 생활합니다. 우리는 장애우들이 생활하는 건물 내부를 둘러보고 1층 뒤편에 있는 창고로 갔습니다. 창고는 넓고 물건이 많아 제대로 정리가 되어 있지 않았습니다. 창고에는 거대한 김칫독이 한 열 개는 되는 것 같은데 무게가 어마합니다. 우리는 김칫독을 옮기고 놀이기구 등 잡다한 것을 정리했습니다.

우리의 작은 도움이지만 봉사활동이 끝나고 희망의 집 담당 수녀님은 창고정리를 잘해 주어서 고맙다고 합니다. 사실 희망의 집에는 봉사하러 많은 사람이 오는데 어린이와 어머니들이 대부분이라서 창고정리를 할 수 있는 사람은 우리밖에 없다고 치켜세우며 자주 오라고 합니다. 그 자리에서 단장님은 그러겠다고 불확실한 약속을 했습니다.

오늘은 내 삶과 인생에 있어서 잊을 수 없는 날입니다. 삶이 무엇인지, 무엇을 위해 사는지 뼛속 깊이 사무치는 숙연한 날입니다. 꽃동네를 돌아 나오는 내내 희망의 집 가족들의 영상이 아련하게 멀어집니다. 봄을 재촉하는 비는 사랑의 화신인 양 하염없이 내리고 있습니다.

꽃동네 홈페이지에 들어가면 이런 문구가 있습니다.

"꽃동네가 꿈꾸는 세상은 한 사람도 버려지는 사람이 없는 세상, 모든 사람이 하느님같이 우러름을 받는 세상, 이웃을 내 몸같이 사랑하는 세상"입니다.

사랑의 헌혈

회사에서 대한적십자사와 함께하는 헌혈에 동참하려고 하면 늘 애로사항이 있습니다. 1년에 3번 정도 헌혈을 추진하는데 그날이 거의 목요일입니다. 오늘 헌혈을 해야지 하고 마음을 먹었으나 막상 하려고 하면 내일 저녁 선약이 가로막습니다. 나는 집이 수원이라서 금요일 저녁에 자주 지인을 만납니다. 만나면 약주를 한잔 해야 하기에 참 난감합니다. 그래서 다음 기회로 헌혈을 미루곤 합니다. 충주에서 근무한 지도 4년이 지났는데 헌혈을 3번밖에 하지 못했습니다.

헌혈은 피가 모자란 환자를 위하여 건강한 사람이 자신의 피를 뽑아주는 것입니다. 헌혈은 환자에 대한 애틋한 마음과 사람을 사랑하는 마음이 있어야 할 수 있습니다. 자신의 피를 나누어 주는 희생이 뒤따르기에 그렇습니다.

삶을 돌아보면 세월이 많이 흘렀다는 것에 무상을 느끼며, 무엇을 위해 살았는지 의문이 들 때가 있습니다. 보다 좋은 세상을 만들고 사람을 위해 살아야 하는데, 나 자신의 안위만 생각하지 않았는지 회한이 밀려옵니다. 자의든 타의든 누군가를 위해 자그마한 일을 했다면 헌혈이 아닐까 생각합니다.

나는 헌혈을 자주 하는 편은 아닌데 지금까지 30여 회 한 것 같습니다. 돌아보면 헌혈에 대한 기억도 새롭습니다. 중학교 때 간호사 누나가 주사기를 찌르며 용감하다고 칭찬해 주었고, 군 복무할 때 대대에 가서 헌혈하고 쌀 한 가마니를 메고 중대가 있는 한 많은 고지로 올라온 적도 있었습니다.

한번은 헌혈하고 다음날 등산을 했습니다. 40대 초반으로 기운이 괜찮은 편인데 가파른 능선을 오르려니 어지럽고 너무 힘이 들었습니다. 쉬엄쉬엄 올라가는데 지나가던 노신사가 "젊은 양반이 그렇게 힘이 없어서야 되겠소"하며 핀잔을 줍니다. 변명하기도 그렇고 하여 듣기만 했습니다. 다음부터는 헌혈을 할 때 무척 신경을 씁니다.

가장 기억에 남는 헌혈은 한국도로공사 홍천양양사업단에 근무할 때였습니다. 헌혈하기 위해 대기하고 있는데 공사팀장이 헌혈할 수 있는 사람이 참 부럽다고 한 말이 지금 생각하면 너무나 짠합니다. 그때는 그저 하는 말로 들었습니다. 그 팀장은 같은 아파트 단지에 살아서 가끔 출근시간에 동승한 적이 있었습니다. 동향이라서 그런지는 몰라도 그 팀장은 내가 만난 사람 중에 몇 안 되는 호인입니다. 그리고 외모로 봐서는 건강하게 보였습니다.

그 후 인사이동이 있어서 각자 다른 기관에서 근무하게 되었습니다. 몇 년이 지나 암으로 인해 저세상으로 갔다는 청천벽력의 소식을 들었습니다. 세상은 너무나 불공평하구나! 그의 가족의 아픔을 생각하니 참 안됐습니다. 헌혈차량을 볼 때마다 그 팀장이 떠오릅니다.

피와 건강은 불가분의 관계입니다. 우리 몸의 피가 건강의 전부라고 해도 과언이 아닐 것입니다. 모든 병의 근원은 피가 깨끗하지 않아서 생깁니다. 동양의학에서는 병의 증상은 혈액 오염을 정화시키기 위한 몸의 반응이라고 파악하고 있습니다. 인간의 몸은 혈액이 탁해지면 여러 가지 반응을 일으켜 혈액을 깨끗하게 하려고 합니다. 혈액이 탁해지는 원인으로는 과식과 과음, 운동부족, 스트레스, 냉증 등이 있습니다. 건강의 제일 조건은 피를 깨끗하게 유지하는 것입니다.

옛날 일본의 도호쿠 지방 농가에서는 중노동으로 피로가 극에 달하는 시기에 거머리로 피를 빨게 하는 민간요법이 있었습니다. 이것은 탁해진 피를 '사혈'로 맑게 한다는 경험적인 방법입니다. 원시적인 방법이기는 하지만 유럽에서도 시행되어 온 요법입니다.

동양의학 관점에서 말하면 암은 오염된 혈액이 뭉쳐진 것입니다.

우리 몸은 뭉친 혈액을 정화하는 장치도 동시에 가지고 있습니다. 폐암의 각혈, 위암의 토혈, 대장암의 혈변, 신장암의 혈뇨, 자궁암의 부정출혈과 같이 암의 특징적인 증상은 출혈입니다. 암의 출혈 현상은 오염된 피를 배출해서 조금이라도 생명을 연장하려는 반응이라고 할 수 있습니다. 출혈이 일어나는 것도 피를 깨끗하게 해서 병을 낫게 하려는 정상적인 반응입니다.

나쁜 피를 몸 밖으로 내보내는 것이 몸에 좋다는 것은 여성이 남성보다 오래 사는 것으로 짐작할 수 있습니다. 여성의 평균수명이 남성보다 7살 정도 깁니다. 그것은 여성의 생리와 관계된다고 생각됩니다. 여성은 평균적으로 35~40년간 생리를 합니다. 평생 생리일수를 환산하면 약 7년이 됩니다. 이 수치는 남성과 여성의 평균수명 차이와 거의 비슷합니다. 생리일수만큼 여성이 남성보다 오래 삽니다. 여성의 생리는 자연스러운 '사혈'이라고 할 수 있습니다. 여기에 맞추려면 남성은 일 년에 이삼 회 헌혈을 해야 합니다.

옛날 시골에서 자랄 때 피를 흘리는 장면을 많이 볼 수 있었습니다. 모내기철이면 어른들이 모판을 찌고 모를 심을 때 논물에서 일을 합니다. 논에서 나오면 거머리에 물려 다리에서 피가 줄줄 흘러내렸습니다. 요즘 같으면 야단법석을 떨 텐데 그때는 아무렇지도 않게 생각했습니다. 어린 시절에는 아이들이 놀다가도 자주 싸움질을 했습니다. 그러다 보니 코피가 터지는 일은 다반사입니다.

그렇게 자란 아이들이 참 건강했습니다. 가끔 피를 흘리는 것이 건강 측면에서는 좋은 것 같습니다.

사람의 몸을 자동차에 비유하면 피는 엔진오일과 같습니다. 나이를 먹으면 소위 말하는 성인병이 생깁니다. 성인병의 주범은 혼탁해지는 피에서 비롯됩니다. 피가 생길 때는 깨끗하지만 지방과 콜레스테롤 등으로 걸쭉해지니, 피를 온몸으로 보내자니 심장에도 무리가 가고 혈관의 협소화 현상이 나타납니다. 자동차의 엔진오일을 갈듯이 사람의 피도 갈 수만 있다면 갈아줘야 합니다. 피는 소멸된 양만큼 생성되기에 혼탁한 피는 쉽게 깨끗해지지 않습니다.

건강한 성인이 가지고 있는 피의 양은 2700~2800cc가 됩니다. 한 번 헌혈을 할 때 400cc 정도의 피를 뽑습니다. 우리 몸의 피의 7분의 1은 많은 양이지만 헌혈 후 이삼일이면 새로운 피를 만들기 시작하여 이십 일이면 완전히 그 양을 채운다고 합니다. 헌혈은 젊은 피를 수혈하는 효과가 있으니, 이만한 건강요법도 없을 것입니다.

헌혈하는 사람이 많은 것 같은데 병원에서는 피가 모자란다고 합니다. 병원에 가지 않는 사람들은 우리나라 환자가 얼마나 많은지 잘 모를 겁니다. 기회가 닿아 병원에 가보면 정말 환자가 많습니다. 병원에 가지 않는 것만으로도 아주 행복한 것입니다.

헌혈한 피가 어디선가 촌각을 다투는 환자에게 유용하게 사용되는 것은 자명한 일입니다. 내 몸의 일부인 피를 필요로 하는 사

람에게 줄 수 있는 것도 감사한 일입니다. 헌혈하는 사람들의 얼굴
이 평화롭고 밝아 세상은 더욱 아름답습니다. 헌혈은 사랑이며, 고
귀한 생명입니다.

행복이
묻어나는 사람

나는 오랫동안 토지보상업무를 해왔습니다. 한국도로공사는 고속도로의 건설과 유지관리를 하며, 고객들에게 교통정보 제공과 사고처리 지원 등 안전관리를 합니다. 그밖에 영업소와 휴게소 등 시설물 설치와 관리, 연접개발, 도로관련 기술개발도 합니다.

토지보상은 고속도로 건설에 있어서 필수적인 업무입니다. 고속도로를 건설하자면 많은 토지가 필요합니다. 사유지를 국유지로 전환하려면 토지보상법에 따라 보상해야 합니다. 그러한 과정에서 많은 소유자와 민원인과 접하게 됩니다.

고속도로가 신설되면 통상 지역주민들은 환영하는데 고속도로에 토지가 편입되는 사람들은 싫어하는 편입니다. 보상을 충분히 해주면 모를까 대부분의 사람은 불만이 많습니다. 토지보상법은 공익사업의 효율적인 수행과 재산권의 적정한 보호를 하는 양면성이 있습니다. 협의보상이 가장 바람직한데, 어떤 경우에는 사업시행자와 소유자의 견해차가 워낙 커서 협의가 성립되지 않습니다. 그러한 경우 사업시행자는 최후의 수단으로 법에 따라 수용절차를 거쳐 매수보상하게 됩니다.

나는 10여 년 동안 토지보상업무를 수행하면서 많은 사람을 접하고 다양한 사람을 만났습니다. 기억나는 사람이 많지만 그 중에서도 아주 행복하게 보이는 이도 있었습니다. 평범하게 사는 것 같은데 어쩌면 저렇게 행복할까 존경스러웠습니다.

고속도로를 건설하다 보면 당초 설계보다 더 나은 방법이나 현지 여건에 따라 개선해야 할 부분이 생깁니다. 설계부서에서 세심한 주의를 기울였겠지만 그래도 설계변경을 해야 될 사정이 있게 마련입니다. 많이 발생되는 것이 추가로 편입되는 토지입니다. 추가 토지는 건설공사를 하는 과정에서 발생하기에 도로구역변경고시를 받지 않은 토지가 대부분입니다. 고시가 나기까지는 관계기관 협의 등 상당한 시일이 소요되기에 공사를 진행하려면 토지소유자의 승낙이나 동의를 얻어야 합니다.

도로구역고시를 받지 않는 토지는 강제로 매수할 수가 없습니다. 시간이 지나면 도로구역고시가 나겠지만 그때까지는 토지소유자가 슈퍼 갑입니다. 고시에 관계없이 대부분은 협의가 잘 되지만 어떤 경우에는 전혀 협의가 이루어지지 않으니 애로사항이 생깁니다. 고시가 나기까지 해당 토지는 알박기와 유사합니다. 공사를 하려면 소유자의 요구를 들어주어야 합니다. 이런 경우 보상금액은 법에 따라 감정평가를 하기에 사업시행자는 한 푼도 더 줄 수 없으며 공사를 하기 위해서는 사업시공자가 부담합니다.

충주제천고속도로 현장에서도 추가 토지가 발생하여 시공자가 소유자들의 요구를 들어준 적이 있었습니다. 대상 토지는 2천여 평방미터가 편입되었는데 임야라서 보상금액이 상대적으로 낮으며, 여러 사람이 공유자로 되어 있었습니다. 지분이 적은 사람은 터무니없는 금전보상을 요구하는데, 한 소유자는 지분이 과반인데도 공유자들과는 상관없이 추가 토지가 편입됨으로써 진입로 단절 등에 대한 최소의 대가만 요구하며, 그 주장에도 일리가 있었습니다. 그래서 시공자와 원만히 협의가 되었습니다.

그런데 소유권이전등기 과정에서 생각지도 못한 문제가 발생했습니다. 통상적으로 등기업무는 법무사에 위임합니다. 법무사에서 실수하여 편입 토지를 국가 명의로 등기해야 하는데 편입되지 않는 토지를 등기했지 뭡니까? 이를 소유자에게 어떻게 설명해야 하나 참 난감합니다. 다시 원상회복 등기를 해주고 편입 토지 등기를 해야 하니, 협의취득서 등에 사용할 인감증명서와 인감도장이 필요합니다. 일단 소유자에게는 자초지종을 설명하고 찾아뵙겠다고 했습니다.

법무사에서 하는 일의 주가 등기업무인데 어떻게 이런 실수를 할까? 이번 경우는 원숭이가 나무에서 떨어진 격입니다. 법무사의 사무장은 죄송하다고 거듭 사과합니다. 엎질러진 물은 어쩔 수 없으니 수습할 일만 남았습니다.

소유자는 청주에 거주하는데 오후에 들르겠다고 하니 약속 장소로 청주 우리은행 어느 지점을 알려줍니다. 그날 나는 본부에 업무가 있어서 대전에 갔다 오는 길에 소유자와 만나기로 한 것입니다. 그런데 우리 팀 여직원이 전화로 "소유자가 오송 우리은행 지점에서 만나자는 연락이 왔다"며 알려줍니다. 나는 알았다고 하고 본부업무를 끝내고 오송으로 갔습니다. 오송 우리은행에 도착하여 소유자에게 전화를 하니 "오송에도 우리은행이 있어요"하는 것입니다. 순간 내가 착각했구나, 오창을 오송으로 잘못 들었다는 것을 알았습니다. 다시 오창으로 가서 소유자를 만났습니다.

소유권이전 등기 경위에 대해 말씀드리려고 하니, 소유자는 되었다고 하며 인감증명서와 인감도장을 줍니다. 이런 사람도 있나, 사람을 믿어주니 고마울 따름입니다. 업무를 끝내고 은행 옆 임시주차장으로 쓰이는 공터로 나왔습니다. 소유자는 은행 뒤편에 있는 식당을 안사람이 운영한다고 하며, 실은 점심을 대접하고 싶었다고 합니다. 나는 "제가 대접해야지요, 말씀만 들어도 고맙다"고 했습니다.

소유자는 연세가 60대 후반인데 회사의 출퇴근차량을 운행하며 1달에 2백만 원 정도 받는다고 합니다. 그리고 점심시간에는 부인이 운영하는 식당에서 서빙업무를 도우며, 오늘 점심시간에 150명가량이 다녀가서 바빴다고 합니다. 또한 교사인 아들과 손자들의 이야기도 들려줍니다.

오늘 또 하나의 행복을 보았습니다. "고방에 인심 난다"는 말을 실감했습니다. 경제적으로 여유가 있으니 마음이 넉넉하고 편안하게 보이는구나! 즐겁게 하는 일이 있으니 때로는 힘들고 짜증나는 세상도 좋게 보는구나! 이런저런 생각을 해 봅니다.

토지보상을 하다 보면 보상금을 많이 받는 사람들이 부러울 때가 있었습니다. 그렇지만 보상금을 많이 받는다고 해서 다 행복하지는 않을 것입니다. 돈과 권력이 많은 사람, 명예가 높은 사람은 행복의 요소는 지녔을지라도 그것이 궁극적인 행복은 더욱 아니겠지요.

토지보상을 하기 전에 소유자를 현장에서 만난 적이 있었습니다. 그때는 여러 사람과 함께 있어서 그저 보통사람으로만 인식했습니다. 사람은 겉모습으로는 그 사람의 삶을 알 수가 없으며 내면의 세계는 더욱 모릅니다. 우리가 만나는 많은 사람, 누가 얼마나 행복한지 애로사항은 없는지 모르고 사는 것이 또한 인생입니다.

행복은 특별한 곳에 있는 것이 아니라 일상적이고 평범한 곳에 있습니다. 행복한 사람은 상대방을 이해하고 배려하며 건강하고 즐겁게 일을 합니다. 오늘 나는 소유자와의 만남을 어떻게 해야 하나 긴장했지만 "도랑 치고 가재 잡고, 마당 쓸고 돈 줍는다"는 속담 이상으로 일상생활에서의 행복을 발견했습니다.

최고의
효도선물

가을이 깊어가는 10월입니다. 가을은 독서의 계절, 낭만의 계절, 결실의 계절 등 수식어가 다양합니다. 그래도 농부들의 마음과 같이 결실의 계절이 가장 바람직하겠지요. 가을은 졸업을 앞둔 대학생들에게는 취업의 계절입니다. 모든 취업준비자가 농부가 수확을 하듯 취업을 하면 얼마나 좋을까요. 우리 사회의 현실은 그렇지 않으니까 너무나 안타깝습니다.

나는 아들 둘을 두었는데 대학교 4학년과 2학년입니다. 4학년 아들은 취업의 문을 두드리느라 정신없이 바쁩니다. 일일이 물어볼 수도 없고 그저 옆에서 지켜만 보는데 마음대로 잘되지 않는 것 같습니다. 주말에 집에 가면 아들을 보지만 어떤 때는 기운이 축 처진 느낌입니다. 인생은 고(苦)이고 청춘은 아픔이라고 자위해 봅니다.

가을이 무르익는 어느 날 새벽, 산책을 나가니 날씨가 차갑습니다. 어느새 절기가 바뀌었는지 시간의 흐름을 실감합니다. 문득 아들을 생각하니 가슴이 아려옵니다. 아들의 마음은 더 아프겠지요. 그동안 열심히 공부한 것 같은데 미래가 어떻게 될지 모르니 고뇌가 많을 것입니다. 하지만 내가 도와줄 수 있는 것은 별로 없습니다. 나는 마음속으로 "네 인생은 네가 사는 것이니, 주변을 의식하지 말고 마음껏 도전하라"고 말입니다.

요즘 나는 아들을 보며 가족관계를 생각해봅니다. 혈연이라는 것은 물과 같은 것이구나! 결코 뗄 수 없고 떨어질 수 없는 숙명의 관계입니다. 서로가 아무리 화나고 미웠던 일이 있었더라도 칼로 물 베듯이 다시 원상태가 됩니다. 또한 아들을 보며 최고의 선물을 생각하게 되었습니다.

부모를 위한 최고의 선물이 무엇일까? 내가 아들에게 가장 바랐던 것이 부모님이 내게 가장 바랐던 것입니다. 선물은 남에게 인사나 정을 나타내는 뜻으로 주는 물건 정도지만, 나는 선물을 주고받은 것에 익숙하지 않습니다. 더구나 물질적으로 부모님에게 특별히 드린 것이 없습니다.

부모에게 자식은 어떤 존재일까요? 자식은 태어날 때부터 선물입니다. 부모는 자식에 대해 탄생의 기쁨과 성장의 즐거움을 늘 보며 애지중지합니다. 부모에게 있어 자식은 화초에 불과합니다. 화초가 잘 자라도록 부모는 물을 주고 풀을 뽑아주는 것이 전부이며, 꽃을 피우고 열매를 맺는 것은 자식의 몫입니다.

한 사람이 성인이 되기까지 여러 단계와 많은 어려움을 겪습니다. 부모는 자식이 성인이 되어 독립할 때까지 노심초사합니다. 그 마지막 단계가 취업이라고 해도 과언이 아닙니다. 사람은 일하는 동물입니다. 혼자서는 먹을 것도 얻지 못하고 복잡한 사회에 강요되어 일하며 살아갑니다. 사람은 일하고 먹고 놀고 즐기는 과정을 되풀이합니다. 일하는 것도 잘 먹고 즐기기 위한 것입니다. 또한 사람은 태어나 성장하기까지 부모의 도움을 받지만 장성한 후에는 자식이 잘 자라도록 도움을 주어야 합니다. 그러기에 첫 직장을 얻는 것이 매우 중요합니다.

나는 부모님에게 변변한 선물 하나 드린 것이 없다고 생각했는데 몇 년이 지나면 강산이 세 번이 바뀌는 세월이 지나고서야 비로소 그 최고의 선물을 알았습니다. 그 선물은 내가 한국도로공사에 입사한 것이었습니다. 그때 부모님은 무척 좋아하셨지요. 나는 내 입장만 생각하느라 그저 지나가는 과정으로만 알았습니다. 다시 생각해 보니 한국도로공사가 내가 진정으로 꿈꾸던 직장은 아니지만 취업하기 힘든 시절이어서 만족했으며, 부모님도 기대는 훨씬 컸겠지만 공기업이라는 이름이 자랑스러워서 아들이 주는 최고의 선물로 받아들였을 것입니다.

나는 신입직원을 볼 때마다 그들의 부모들이 떠오릅니다. 예나 지금이나 취업하기 어려운 시대에 자식이 인생의 첫발을 내딛는 감격이 어떠했을까? 그것은 자식을 키운 보람이며 자식이 주는 최고의 선물입니다.

지난 봄 신입직원 서너 명이 사업단으로 전입을 왔습니다. 현장이다 보니 숙소생활을 할 수밖에 없었습니다. 간소하게 이삿짐을 갖고 온 신입직원 부모를 본 적이 있었습니다. 초면이라 목례만 했지만 이삿짐을 나르는 모습이 한시름 놓은 듯 편안하고 정말 행복해 보였습니다.

사람은 누구나 욕심이 많습니다. 늘 더 좋고 더 많은 것을 바라니 욕심은 끝이 없습니다. 사람이 살아가는데 욕심이 성장과 발전의 원동력일 수 있지만 불행의 씨앗이 될 수도 있습니다. 처한 상황에 맞게 살아가는 것이 순리이며 정도인데 그러질 못하고 있습니다. 어떤 면에서 사람은 어리석은 존재입니다. 대부분의 부모는 자식에게 많은 기대를 합니다. 그 기대가 잘못되었다는 것이 아니라 그 기대에 못 미칠 때 실망이 크다는 것입니다. 기대를 하듯 안 하든 결과에는 별 차이가 없는데 그렇게 사는 것이 또한 우리네 인생입니다.

깊어가는 가을밤에 인터넷을 검색하다가 강희창 시인의 〈그대가 오는 소리〉를 들었습니다. 시와 곡, 노래가 삼위일체 되어 서럽도록 아름답습니다. 가을밤의 선율이 나를 울리며 가슴을 적십니다. 나는 몇 번이나 듣고 또 들었습니다. 들을수록 추억이 떠오르고 누군가 그리워 밖으로 나갔습니다. 하늘에는 보름달이 밤하늘을 밝히고 있습니다. 가녀린 달빛과 서늘한 바람이 고요히 잠든 산과 들을 있는 듯 없는 듯 감싸고 있습니다.

나만이 느끼는 이 아름다움이 내 것인데 피는 물보다 진하다는 이유로 아들의 삶에 아파해야 하는지 모르겠습니다. 내가 그러한 마음을 갖는다고 아들의 삶이 달라지는 것은 아니지만 그것은 아들을 사랑하기 때문입니다. 아들에 대한 사랑은 변함없지만 실익이 없는 아픔은 잊어버리고 내 삶에 더 충실하고 싶습니다.

나는 아들을 믿고 사랑합니다. 아들의 성공이나 출세보다 아들 자신을 사랑합니다. 그리고 어떤 실패가 있더라도 진정한 아들의 삶을 기다릴 것입니다. 아들이 내게 어떠한 선물을 주어도 나는 그것을 최고의 선물로 받겠으며, 내가 지금도 열심히 다니고 있는 한국도로공사에 입사한 것이 부모님에게 드린 최고의 선물이라고 우기고 싶습니다. 부모님, 선물 잘 간직하고 있겠지요. 고맙습니다, 건강하세요!

눈물 어린
신부

한 해의 마지막 달인 12월 중순, 동료 여직원이 결혼하는 토요일입니다. 결혼식은 신랑의 고향인 충남 청양에서 합니다. 오전 10시 고속도로 수원나들목에서 팀장과 만나기로 하여 30분 전에 집을 나섰습니다. 올겨울은 12월 첫날부터 눈이 오더니 10여 일 동안 영하의 날씨가 계속되었습니다. 날씨는 춥지만 엊그저께 내린 눈에 햇살이 반사되어 결혼식을 축복이라도 하듯 세상이 더욱 환하게 보입니다.

수원에서 예식장까지는 약 130km가 되고 오후 1시에 결혼식을 하니 다소 여유가 있습니다. 고속도로 휴게소에 들르며 느긋하게 가는데, 간밤에 눈이 내린 탓인지 일부구간이 정체되어 마음이 바빠집니다. 출발할 때는 1시간의 여유가 있었는데 제시간에 도착할 수 있을지 조마조마합니다. 서해안에는 눈이 많이 왔다고 하던데 청양으로 갈수록 산과 들에는 많은 눈이 쌓여 있습니다.

드디어 고속도로 나들목을 나와 청양지역에 진입했습니다. 국도 36호선을 따라가는데 좌측에 칠갑산휴게소가 보입니다. 오래전 어느 가을날, 저 휴게소에서 차 한 잔 마시며 칠갑산 단풍을 감상하던 때가 엊그저께 같았는데 세월이 많이 흘렀습니다. 이번이 청양에 다섯 번째 가는 길입니다. 청양의 상징이며 대표하는 산이 칠갑산입니다. 시간에 구속되다 보니 칠갑산 주변의 아름다운 설경도 건성으로 보며 빨리 지나가야 했습니다. 그리하여 10분 전에 예식장에 도착할 수 있었습니다.

예상외로 이 시간대에 결혼식이 집중되어 많은 하객으로 붐빕니다. 먼저 신부대기실을 둘러보았지만 아름다운 신부는 보이지 않습니다. 아마 결혼식을 위해 예식장으로 이동한 모양입니다. 우리는 막 시작한 예식장으로 들어가 신랑신부가 입장하는 뒷모습을 보면서 자리를 잡았습니다.

결혼식은 선남선녀가 새로운 인생을 출발하는 날이라 성스럽고 축복받는 날입니다. 어느 결혼식이나 거의 비슷한데 결혼당사자나 혼주를 비롯하여 사람들은 화려하고 멋진 결혼식을 꿈꿉니다. 아마 그것은 하객으로부터 좋은 말을 듣고 싶은 체면치레가 아닌가 생각됩니다. 화려한 결혼식의 기준이 무엇일까? 하객이 많고, 화환이 즐비하고, 음식이 풍성하고, 이벤트나 퍼포먼스가 있어야 화려

할까. 이러한 것이 화려한 결혼식의 재료는 될 수 있을지언정 성스럽고 진정한 결혼식의 조건은 아닐 것입니다.

결혼식을 이끌어가는 사람 중에 한 분이 주례선생입니다. 주례선생에 따라 결혼식 분위기가 달라질 수 있고 덜 지루할 수가 있습니다. 주례선생은 신랑 신부와 하객에게 주례사를 합니다. 어떤 분이 주례사를 하더라도 명 주례사임에는 틀림없습니다. 그런데 주례사를 듣기 위해 결혼식에 참석하는 사람은 없을 겁니다. 그렇지만 신랑 신부는 인생을 예습·복습한다는 마음가짐으로 잘 새겼으면 좋겠습니다.

결혼식을 유심히 지켜보는데 신랑 신부가 양가 부모에게 인사하는 순서가 되었습니다. 신랑 부모에게 인사할 즈음에 신부가 울컥했는지 눈가에 살짝 눈물이 비치는 듯합니다. 내 짐작으로 신부가 돌아가신 어머니가 보고 싶어 그랬을 거라는 생각이 듭니다.

나와 신부의 인연은 20개월 전으로 거슬러 갑니다. 그즈음 여직원이 개인 사정으로 일을 그만두어서 새로 일할 여직원이 필요했습니다. 우리 사업단은 한시적인 조직이고 충주 외곽에 있는 등 여건이 좋지 않아 정규직이 아닌 직원을 구하기가 힘들었습니다. 고용센터에 채용조건을 의뢰하여 인터넷접수를 했습니다. 구직을 바라는 사람은 많으나 서로의 조건에 맞는 경우는 소수였습니다. 지원자 중 적합하다고 생각되는 몇 사람과 의사를 타진하고 있을 무렵 다른 팀 여직원이 친구가 근무하기를 원한다고 하여 이력서를 제출하라고 했습니다.

이력서를 보니 여러 직장에 근무한 경험 등 스펙이 상당하여 업무에는 어려움이 없을 것 같습니다. 면접할 때 어머니가 고등학교 때 돌아가셨다고 하여 마음이 짠했는데 참 잘 자랐습니다. 그 후 몇 사람 더 면접을 보고 최종적으로 두 사람으로 압축되었는데 둘 다 업무를 잘할 것으로 확신이 섭니다.

이제 다시 고민이 됩니다. 누구를 선택해야 하나? 외모로 봐서는 신부보다는 다른 사람이 더 괜찮다고 직원들이 말하던데. 나는 며칠을 고민하여 오늘 결혼하는 신부를 선택했습니다. 그 이유 중의 하나가 어머니를 여읜 그녀의 삶이 자꾸 생각나서 그렇습니다. 그녀는 기대 이상으로 일을 잘합니다. 토지보상업무와 관계된 많은 사람에게 아버님·어머님으로 불러줍니다. 이는 아무나 할 수 없는 고객접접업무를 몇 단계 업그레이드시킨 것입니다. 어떤 이들은 성격 좋은 사람의 속사정은 모르면서 그녀를 보고 성격이 좋다고 합니다. 내가 사업단에 와서 잘한 것을 꼽으라면 첫째가 그녀를 선택한 것입니다.

신부를 울컥하게 한 것은 친정아버지가 먼저 눈물을 보여서 그런 것 같은데, 시어머니를 보자 어머니 생각이 절로 났나 봅니다. 어머니가 여기에 오셨더라면 딸에게 이렇게 말씀했을 거라고 생각해 봅니다.

"혜련아, 잘 자라서 고맙구나. 그동안 많이 힘들었지. 너희들을 남겨놓고 하늘나라로 먼저 가서 미안하다. 많은 사람의 축복을 받으며 결혼하는 모습을 보니 장하고 대견하구나. 엄마는 하늘나라에서 잘 있으니, 이제 모든 것 다 잊고 네 인생을 살아가렴. 새로운 가족들과 정겹고 행복하게 잘 살길 바란다."

그때 신부가 왜 눈물을 글썽였는지 잘은 모릅니다. 긴 시간은 아니지만 신부와 함께 업무하며 많은 얘기를 나누었기에 직감적으로 그런 생각이 들었습니다. 그날 저녁, 어리게만 보이던 신부의 안부 전화를 받고 늘 아름다움을 간직한 신부의 마음 씀씀이에 한 번 더 감동을 받았습니다.

삶을 돌아보니 많은 결혼식에 참석한 것 같습니다. 그 중에는 외관상으로 화려하고 멋있는 결혼식도 보았습니다. 친지들 결혼식에는 당연히 참석하여 축하해주지만 더러 체면치레로 참석한 결혼식도 있었습니다. 오늘 비로소 진정한 결혼식의 의미를 새기게 되었습니다. 진정한 결혼식은 화려하게 보이는 겉치레보다는 양가 부모님과 진심으로 축하해주는 하객 앞에서 하는 것입니다.

몸 사랑
오장육부

사랑은 어떤 상대를 그리워하고 좋아하는 마음입니다. 사랑은 이성간의 사랑, 부모자식간의 사랑, 친구간의 사랑, 헌신적인 사랑 등으로 나눌 수 있지만 그 대상은 만상만물입니다. 어떠한 사랑이 가장 좋다고 할 수는 없지만 바람직한 사랑은 서로 주고받는 것입니다.

사랑은 타인을 대상으로 하지만 자신을 사랑해야만 상대를 사랑할 수 있습니다. 추구하는 내면세계나 외적으로 드러나는 사랑도 좋지만 자신의 몸 사랑이 더욱 소중합니다. 옛사람들은 만나면 무탈한지 서로의 안부를 물었습니다. 건강하지 않으면 아무리 좋은 것이 있어도 의미가 덜하며, 세상을 사랑하고 싶어도 마음대로 할 수가 없습니다.

사람들은 자신의 몸을 사랑하면서도 건강한 몸보다는 남에게 보여주기 위한 것에 더 신경을 씁니다. 몸을 위한다기보다는 다른 사람에게 잘 보이려고 화장을 하고, 건강을 위해 다이어트하기보다는 날씬한 몸매를 과시하고 싶은 마음이 앞설 것입니다.

우리는 건강의 중요성을 강조하면서도 몸에 이상이 없으면 별 신경을 쓰지 않습니다. 특히 젊었을 때는 자신만은 예외인 것처럼 건강에 주의하지 않은 채 생활합니다. 살아가는 데 있어 가장 소중한 것이 몸인데 몸에 이상이 있고서야 그 사실을 깨닫게 됩니다. 또한 자신의 몸을 가꾸더라도 외모에 치중하고 인체 내부의 내장이랄까 장기에 대해서는 무관심합니다.

누구나 오장육부에 대해 그 중요성이나 기능을 알고 있지만 막연히 알고 있는 정도입니다. 오장육부의 종류를 물으면 바로 대답하기는 어려우며 어느 것이 오장이고 육부인지도 헷갈립니다. 그 기능 하나하나에 대해서는 더욱 모르는 편입니다.

오장육부는 내장을 통틀어 이르는 말입니다. 오장은 간장·심장·비장·폐장·신장을 말하고, 육부는 위·담·소장·대장·방광·삼초를 말합니다.

그런데 삼초는 참 생소한 말입니다. 의학을 공부하지 않는 사람은 잘 모르는 것이 당연하겠지요. 삼초는 목구멍에서부터 전음(前陰)·후음(後陰)까지의 부위를 말합니다. 상초(上焦), 중초(中焦), 하초(下焦)로 나누어지니 삼초라고 하는 것 같습니다. 삼초는 몸에서 기혈을 잘 돌게 하며 음식물을 소화시켜 영양물질을 온몸에 운반하며 수도(水道)가 잘 통하게 하는 기능을 합니다. 각 장기 계통들은 삼초를 통하여 영양물질을 받게 됩니다.

음식물은 내장을 통하여 소화되고 전달되어 그 기능을 다하면 똥과 오줌으로 배출됩니다. 소화에서 영양운반까지 우리의 몸을 유지할 수 있게 하는 것이 오장육부입니다. 육부는 음식물을 소화시키고 음식물의 영양분이 흡수되고 남은 찌꺼기를 받고 내보내는 기능을 합니다. 오장은 영양물질을 받아 생명활동을 합니다. 육부는 비우는 작용을 하고, 오장은 채우는 작용을 합니다. 인체의 활동은 오장육부 상호간의 유기적 연관관계 위에서 전개되며, 장기는 서로 간에 협조하고 제약함으로써 평형상태를 유지합니다.

우리 몸의 뇌는 복잡하게 얽힌 구조로 되어 있는데 그 안쪽에 뇌간이 있습니다. 뇌간은 소화·호흡·순환 등 인체의 생명유지를 위한 기본 기능을 관장하는 자율신경조직을 책임집니다. 뇌간은 끊임없이 오장육부가 제 기능을 하도록 합니다. 결국 오장육부는 선과 불선을 구분하지 않고 사람의 몸을 유지하고 작동하는 일을 할 뿐 인위적인 영향을 받지 않도록 기능적, 구조적으로 되어있습니다.

오장육부는 언제나 최선을 다합니다. 이를테면 위는 계속하여 음식물이 들어오더라도 불평하지 않고 음식물을 잘게 부숩니다.

간은 독한 알코올이 있더라도 분해하여 해독작용을 합니다. 간이 위에게 힘들다고 하지도 않겠지만 힘드니 소화를 잠시 중단하라고 해도, 위는 간의 요구를 들어주지도 않겠지만 들어줄 수가 없습니다. 다만, 위는 음식물이 소화되고 흡수되는 과정에서 다른 장기에 이상이 생겨 원활한 흐름이 되지 않으면 식욕이 떨어지는 등 거부반응을 합니다.

직장인들은 매년 건강검진을 받으며 건강보험공단에서도 건강검진을 받도록 알려주며 국민의 건강에 힘씁니다. 건강검진은 뇌를 비롯하여 몸 전체를 대상으로 하지만 오장육부를 검진한다고 해도 과언이 아닐 것입니다. 그만큼 몸 건강에 있어 오장육부가 중요합니다. 오장육부 중 어느 하나만 이상이 있어도 건강에는 치명적이니까요.

일상생활에서 똥오줌 못 가린다는 말을 하는데, 이는 아이가 어리다는 뜻도 있지만 통상적으로 사리분별을 못할 때 쓰는 말입니다. 똥오줌 하면 더럽다는 이미지가 너무 강하여 사람들은 똥오줌에 대해 이해나 고마움은커녕 피하거나 아무런 생각 없이 살아갑니다.

음식물을 섭취하면 위·소장·대장을 거쳐 소화되고 남은 찌꺼기가 똥으로 배출됩니다. 오줌은 소화된 영양물질이 온몸으로 전달되는 물질대사의 과정에서 생긴 노폐물로 신장에서 만들어져 체외로 배출되는 것입니다. 똥과 오줌은 큰 차이가 있습니다. 똥은 음식물 중 우리 몸이 필요 없다고 버려지는 낙오자이고, 오줌은 물질대사를 나르는 과정에서 제 역할을 다한 희생자입니다. 나는 똥오줌의 기능에 대해 약간 이해하고부터는 변을 볼 때 감사의 마음을 갖습니다. 똥을 눌 때는 내 몸이 버린 낙오자에게 안쓰러운 생각을 하고, 오줌을 눌 때는 그 거품을 보면서 수고했다고 고마움을 표합니다.

본인의 똥오줌도 구린내가 나서 인상을 찌푸리는데 타인의 똥오줌을 치운다는 것은 얼마나 고역일까요? 인간은 태어나면 부모가 똥오줌을 갈아주고 늙으면 자식이 똥오줌을 치워줍니다. 예나 지금이나 부모가 자식의 똥오줌을 갈아주는 것은 변함이 없지만, 부모가 나이 들어 거동을 못하면 자식이 똥오줌을 치워준다고는 장담할 수 없는 세상이 되었습니다. 사람들은 가난한 나라에 봉사활동은 가도 내 부모의 대소변 수발은 힘들어합니다. 누구나 궂은일을 싫어하는 것은 본능이라고 봄이 맞을 것 같습니다.

내 어머니는 할머니의 병수발을 다 하였습니다. 할머니는 연로하여 거동을 못 하시고 말년에는 사람을 잘 알아볼 수 없는 지경이 되었습니다. 어머니에게는 그 몇 년이 얼마나 고역이었을까요. 예전에는 어느 가정이나 고부간의 갈등이 있었습니다. 어머니와 할머니는 갈등을 넘어 원수지간 같았습니다. 그러한 관계가 가족들에게 많은 상처를 주었지요. 두 분은 서로 상처를 받으며 살았지만 그래도 어머니가 더 힘들었을 것입니다. 좋아하는 사람의 병수발도 힘이 드는데 지난 세월을 생각하면 어머니의 마음은 어떻겠습니까.

그렇지만 내 어머니는 거룩하고 위대합니다. 주변 사람들이 동의하지 않는다고 해도 나는 생이 그리 많지 않은 어머니를 뵐 때마다 눈물을 숨기고 사랑으로 바라봅니다. 어머니에게는 잔정이 드러나지 않아도 끊임없이 솟아나는 샘물처럼 깊은 정이 있습니다. 할머니 대소변 수발을 할 때에도 과거는 과거고 현재는 또 현재일 뿐이라고, 늘 마음은 안쓰러움으로 할머니를 측은하게 생각했을 것입니다. 할머니와 어머니가 언쟁할 때마다 두 분의 입장은 전혀 이해하지 못하고 내가 받은 상처만 생각했던 것이 더욱 죄스럽습니다.

똥오줌은 고약한 냄새가 납니다. 음식물을 빨리 소화시켜 영양분인 에너지를 공급하다 보니 냄새가 날 수밖에 없습니다. 우리의 몸은 식물이 물질이 썩어 거름이 되어야 영양분을 흡수하는 거와 같은 이치입니다. 음식물을 섭취하고 소화하고 영양물질을 공급해야 하니 내장에는 늘 똥오줌이 있습니다. 그렇지만 오장육부는 조금도 불평하지 않고 본연의 일을 다 합니다.

우리는 장기의 고마움을 알아야 합니다. 오장육부의 처지를 조금만 이해한다면 적당하게 음식을 먹어야 합니다. 식탐이나 지나친 음주를 삼간다면 오장육부는 얼마나 좋아할까요. 오장육부는 장기에 탈 난 후 좋다는 음식을 찾지 말고 평소에 사랑해 달라고 말하는지도 모릅니다. 오장육부를 위해서라도 채식하는 삶이 필요합니다. 균형 잡힌 채식은 심신을 건강하게 합니다. 우리가 먹는 대부분의 고기는 참혹한 환경에서 사육되고 잔인한 방법으로 도살된 동물일 수도 있습니다. 지구 온난화의 유발요인 중 육식으로 인한 비중이 상당히 높다고 합니다. 자신이 오장육부를 사랑해야 오장육부도 내 몸을 더욱 사랑할 것입니다.

제3장

고향 그리고 추억

최초의 기억

요즘 TV에는 아이와 부모가 함께 출연하는 예능프로그램이 많습니다. 그 중에서도 혼자 걸을 수 있는 아기가 나오는 장면이 인상적입니다. 배우 송일국과 대한·민국·만세 삼둥이, 예능인 이휘재와 서언·서준 쌍둥이가 단연 돋보입니다. 그들이 삼둥이, 쌍둥이라서 그런지 몰라도 행동을 보면 참 귀엽습니다. 나는 이 프로를 보면서 저 아기들이 성장하여 지금의 자신들을 기억할 수 있을까를 생각해 봅니다.

사람은 몇 살부터 기억을 할까요? 기억력이 천차만별이어서 몇 살부터 기억을 한다고 단정지을 수는 없습니다. 그 시기의 환경이나 특별한 것이 아니라면 기억이 난다 해도 어느 것이 먼저인지도 모를 수 있습니다. 가장 어릴 때 기억나는 것을 물으면 선뜻 답하기가 어렵습니다.

어느 날 밤, 잠이 오지 않아 내 과거의 기억 속으로 거슬러 가 보았습니다. 살아온 날을 역으로 하여 기억을 더듬어 보니 가까운 과거는 기억이 선명한데 먼 과거로 갈수록 기억이 희미합니다. 이는 당연한 현상인데 기억나지 않는 과거를 회상하려니 한편으로는 답답합니다. 어린 시절 어느 시점에서 기억이 멈추어 버립니다.

내가 가장 어린 나이에 기억나는 것은 어머니가 목화솜 실을 잣는 장면입니다. 그때가 서너 살인 것 같은데 잘은 모르겠습니다. 예전에는 의식주를 한 가정에서 해결하다 보니 집집마다 의복을 만들어 입었습니다. 목화나 삼으로 실을 만들어 옷을 짜야 하니 물레와 베틀이 필요했습니다. 먼 옛날부터 농촌 아녀자들은 농번기에는 농사일을 돕고 농한기에는 길쌈을 했습니다.

최초의 기억이라는 것이 참 신기합니다. 그때는 '나'란 존재도 모르며, 밥을 먹거나 대소변을 보거나 말을 한 적도 없으며 그저 눈으로만 본 것뿐이었습니다. 저녁에 시렁에는 목화솜이 하나 가득 있고 어머니는 물레를 돌리고 있었는데 아침에 보면 그 많던 솜이 사라졌습니다. 어머니는 밤늦게까지 일했던 것 같습니다. 특이한 것은 우리 집이 대가족이라서 할아버지·할머니·아버지·작은아버지·형들도 한집에 살았을 텐데 어머니만 기억이 납니다. 집의 윤곽이나 마당도 생각나는 것이 없고 오로지 방 안만 떠오릅니다.

그때의 기억을 떠올리면 아주 편안합니다. 근심이나 괴로움을 전혀 모르고 나 자신의 존재도 몰랐으니 희로애락의 감정이 있었는지도 의문입니다. 지금 생각해 보면 처음 맞는 무아의 경지입니다.

가장 편안하고 무심의 마음을 간직한 때가 아마 비행기를 타고 구름을 지날 때인 것 같습니다. 어릴 때부터 사람들은 새가 되어 창공을 날고 싶어 합니다. 하늘에서 보는 지상의 풍경은 어떨까 상상하며 성인이 되었습니다. 그 꿈이 이루어지는 것이 비행기를 탑승할 때입니다.

처음 비행기를 탑승할 때가 청춘남녀가 처음으로 미팅할 때처럼 설렘과 호기심과 기대를 줍니다. 하늘에서 보는 세상은 그곳이 어디든 간에 참 아름답습니다. 비행기가 고도를 높여 구름 위를 지날 때나 구름 속을 통과할 때 그 기분은 이루 말할 수 없습니다. 솜이불에 쌓여 잠자는 거와 같이 포근하고 편안합니다. 구름에 취하면 나 자신도 잊어버립니다.

우리는 순간적으로 어떠한 위험에 빠지면 자신도 모르게 행동을 합니다. 그것은 당황하여 판단할 겨를도 없이 본능적으로 일어나는 행위입니다. 그러한 행동을 보고 사람들은 혼이 빠졌다고도 합니다. 자신의 존재를 인식하지 못하고 하는 행위는 어떤 것에 집중했을 때도 일어납니다. 가령 인터넷 바둑을 둘 때 무료하여 처음에는 음악도 들으며 평정심을 갖고 하지만, 어느 순간 바둑에 집중하다 보면 주변의 소리뿐만 아니라 음악도 들리지 않습니다. 이러한 행위에는 에너지가 많이 소진되기에 평안하지 않습니다.

나는 가끔 마음의 평정심을 찾기 위해 명상을 합니다. 그런데 명상을 하면 온갖 번뇌가 일어나 집중이 잘 되지 않습니다. 생각하지 않으려고 하면 할수록 생각지도 못했던 기억까지 떠올라 마음을 더욱 혼란하게 합니다. 나 자신을 잊는다는 것이 너무나 어렵습니다. 우리는 언제나 자신의 존재를 인식하고 삶의 중심에 자아가 있기에 무아의 경지에 이르기가 어렵습니다.

사람들은 삶을 잠시 잊고 몸과 마음을 편히 내려놓기 위하여 명상센터나 마음수련원을 찾습니다. 쉽게 명상 속으로 빠져들기는 어렵지만 이런 조용한 곳에서 몇 날을 보내고 나면 세상을 바라보는 시각이 달라집니다. 자신만을 생각하는 이기심이 사라지고 사람과 사람, 더 나아가 자연을 나와 일체로 생각하게 되어 마음이 넓어집니다.

명상하려고 하면 할수록, 자신의 존재를 버리려고 하면 할수록 온갖 생각이 뒤섞여 번뇌가 일어납니다. 이러한 번뇌가 어느 순간 사라졌을 때 보이는 것이 있습니다. 나의 존재를 의식할 수 없는데 저기 보이는 것은 무엇일까? 무아의 경지에서 보이는 것이 있다면 그것은 우주의 마음이라고 정의하고 싶습니다.

어머니의 목화솜 실을 잣는 최초의 기억 장면이나 구름 위를 비행할 때의 장면은 일맥상통한 면이 있습니다. 그때는 나 자신의 존재나 모습을 모르거나 잊고 있었던 것입니다. 삶 속에서 이러한 체힘은 흔하지 않지만 그 순간들은 평정심을 가져다줍니다. 마치 숙면을 취했을 때 몸과 마음이 개운한 거와 같습니다.

누구나 살아온 날을 더듬어 가면 최초의 기억이 있습니다. 어쩌면 최초의 기억이 자신의 존재를 처음 인식할 수 있었으니 그때 한 인간으로 태어났다고 볼 수 있습니다. 욕망이 없거나 감정이 사라진 그때의 기억이 평온한 무심의 상태입니다.

나는 운 좋게도 최초의 기억이 상처의 기억이 아니라 무아의 기억이라서 그때를 떠올릴수록 마음이 평안합니다. 많은 세월 동안 세파와 마주하다 보니 삶을 돌아보면 즐겁고 아름다운 기억보다는 힘들고 어려웠던 기억이 훨씬 많습니다. 가끔 최초의 기억 속으로 가면 그 전의 기억은 무엇일까를 골똘히 생각해 보지만 아무것도 기억나지 않는 무아의 상태입니다. 또한 지나온 수많은 기억이 정지하고 최초의 기억 순간에 멈추어 있습니다. 시공간이 멎은 까마득한 그곳이 아늑한 피안의 세계인 것 같습니다.

옻순이
필 때면

하루가 다르게 새싹이 피어나는 4월 하순이 되었습니다. 산과 들에는 이미 꽃들이 피었다가 지고 과수원에는 복숭아, 사과, 배꽃이 한창입니다. 길 따라 피어있는 홍도화는 사람들의 마음을 사로잡습니다.

평소처럼 사무실에서 일하고 있는데 스마트폰이 울립니다. 확인하니 고향집 어머니 전화였습니다. 무슨 일이 있나, 순간적으로 긴장하고 사무실 밖으로 나가며 전화를 받았습니다.

"전데요" 하니, 어머니는 "별일 없느냐"고 합니다. "네, 집에는 별일 없으신가요" 여쭈니, "그래, 별일 없다. 이번 주말이 옻순 먹기가 적당한데 올 수 있느냐"고 합니다.

마음 같아서는 바로 가겠다고 말씀드리고 싶은데 사정이 여의치 않아 5월 초에 뵙겠다고 했습니다. 어머니는 그때는 옻순이 억셀 것이라고 하면서 아쉬워합니다. 옻순을 냉장고에 넣어 보관해 달라고 했습니다.

옻순, 생각만 해도 군침이 납니다. 계절에 따라 우리의 입맛을 자극하는 식재료들은 다양합니다. 봄에 나는 산나물이나 새순들은 어느 계절, 어떤 별미보다 으뜸이 아닌가 합니다. 옻을 싫어하는 사람들에게는 미안하지만 그래도 옻을 좋아하고 즐기는 사람들은 공감할 것입니다.

옻을 심하게 타는 사람은 옻나무 옆에만 가도 옻이 오릅니다. 심지어 옻나무와 유사한 호두나무에 접촉해도 옻이 오르는 수가 있습니다. 그러니 옻을 싫어할 수밖에 없습니다. 옻을 좋아하는 사람은 옻의 알레르기 때문에 고생한다는 걸 알면서도 옻순 특유의 맛과 향을 포기할 수 없습니다. 옻에 면역이 되지 않는 사람도 옻순을 기다리는데 옻을 타지 않는 사람은 얼마나 좋아하겠습니까.

어린 시절 시골에는 옻나무가 많았습니다. 주로 밭둑에서 자라는 옻나무는 공포의 대상이었습니다. 그러니 사람들은 옻나무를 경계했습니다. 그 시절만 해도 옻이 오르면 마땅한 치료약이 없어서 조심하지 않을 수 없었습니다.

옻은 옻나무에서 나오는 진액으로 페놀 계통의 항원을 가지고 있어 피부염을 발생시킵니다. 사람에 따라 다르지만 옻나무 수액이 피부에 닿거나 옻닭을 먹은 경우에 중독이 일어날 수 있습니다. 옻이 올라 고생한 사람은 다시는 옻을 찾지 않으며 옻나무를 조심합니다.

모든 식품이 그렇듯이 옻에도 효능과 부작용이 있습니다. 일반적으로 옻은 장에는 좋은데 간에는 나쁘다고 합니다. 동의보감에도 옻의 효능을 몸을 덥히는 작용과 살균작용을 말합니다. 옻은 효능이 좋다고 하여도 그 독성이 강하기에 1년에 한두 번 먹는 것이 적절하지 않나 싶습니다.

나는 언제부터 옻을 먹었는지는 기억이 잘 나지 않으나 부모님이 옻닭을 드셔서 먹게 되었던 것 같습니다. 처음에는 엄청 고생했습니다. 옻닭을 처음 접했을 때 그 맛은 기막히게 좋았습니다. 옻닭보다도 그 국물이 시원하여 자꾸 끌리게 합니다. 그런데 하루가 지난 후 엉덩이 쪽이 가렵기 시작합니다. 손으로 긁다 보니 사타구니 일대가 완전 불바다가 되어 버립니다. 옻 알레르기 치료는 물로 자주 씻는 수밖에 없습니다. 근질근질한 옻 알레르기도 일주일이 지나니 자연 치유됩니다. 그 후 옻닭이든 옻순이든 몇 번을 먹으며 면역력이 생겨 이제는 옻닭을 먹어도 가려운 맛이 없어 아쉽기도 합니다.

직장인들은 가끔 회식을 합니다. 메뉴선택은 상사, 선배가 일방적으로 정하는 경향이 있습니다. 그런데 한두 가지 음식에 대하여는 참석자들의 의견을 묻습니다.

그 첫째 음식이 옻닭입니다. 옻닭은 강압적으로 먹자고 할 수가 없습니다. 옻닭을 먹고 옻이 오르면 업무에 지장이 있을 뿐만 아니라 옆 사람에게 옮길 수도 있으니 그런 것 같습니다. 둘째는 보신탕입니다. 복날에 즐겨 찾는 음식이 보신탕인데도 삼가는 사람이 의외로 많습니다. 개고기의 맛과 영양을 인정하면서도 꺼리는 이유는 아무래도 개가 인간과 가까워서일 것입니다. 또한 우리의 생활 속에서도 불교의 설화나 산신신앙의 영향으로 금기시하는 습속이 남아 있기도 합니다.

옻닭을 떠올리면 신입직원 시절이 생각납니다. 어느 날 과장님은 내게 점심때가 되어 옻닭을 먹느냐고 물었습니다. 몇 번 먹어봤다고 하니 같이 가자고 합니다. 아무런 생각 없이 지사장, 과장과 함께 경남 울주군 가지산 계곡에 위치한 옻닭 전문식당으로 갔습니다. 내가 동행하게 된 것은 예뻐서가 아니라 옻닭을 먹는 직원이 없어서입니다. 옻닭 한 마리는 두 사람이 먹기에 양이 많아 가게 된 것입니다. 그 후 옻닭을 먹는다는 이유만으로 몇 번 동행을 했습니다.

돌아보니 설날 저녁 가족들이 둘러앉아 옻닭을 먹던 때가 떠오릅니다. 설 다음날이 어머니 생신이라서 가족들이 다 모입니다. 그때는 시골에서 토종닭을 길렀기에 명절에는 어머니가 직접 닭을 잡았습니다. 닭 서너 마리로 옻닭을 하면 온 가족이 둘러앉아 맛

있게 먹을 수 있었습니다. 아이들까지 옻닭을 잘 먹었습니다. 이제 부모님이 연로하시고 토종닭도 기르지 않으니 옻닭 먹던 추억이 새롭습니다.

나는 시골에서 자랐지만 참옻나무와 개옻나무를 구별하지 못합니다. 특히 산에서는 더욱 모릅니다. 시골집 뒤에서 자라는 옻나무만 먹는 참옻으로 알뿐입니다. 그래서 옻순이 피어나면 더욱 고향 집이 생각납니다.

아버지는 토종닭을 기르면서 달걀을 낳으면 모아놓았다가 명절에 자식들이 오면 주곤 했습니다. 이거 얼마 안 되는 것이지만 주고 싶어도 줄 것이 없다고 하시면서 말을 잇지 못합니다. 그 사랑과 정성을 생각하면 눈물이 납니다. 까마득한 날부터 자식을 위해 얼마나 고생하셨는지 그 모습이 선합니다.

이제 부모님이 주시는 최고의 선물은 옻순입니다. 옻순이 피어나면 지난 해 봄도 되돌아보고 다가올 새봄도 그려봅니다. 옻순이 피어날 때까지 부모님은 건강하게 살아계실까 안타까움이 점점 더해갑니다. 옻순의 맛과 향을 잊을 수 없듯이 부모님의 은혜는 갚을 길이 없습니다.

그리운
느티나무

사업단에 와서 처음 맞는 어느 여름날이었습니다. 민원인과 만나기로 약속하여 오후 1시에 현장으로 향했습니다. 충주시 노은면 소재지를 지나가는데 도로에서 50여 미터 떨어진 곳에 커다란 느티나무 한 그루가 눈에 확 들어옵니다. 차창으로 보이는 느티나무 그늘에는 서너 명의 노인이 평상에 둘러앉아 있습니다.

차를 타고 가는 한참 동안 노인들의 모습이 쉽게 지워지지 않습니다. 어린 시절에 자주 봤던 친근한 풍경이어서 그렇습니다. 아주 오래전에 가끔 뙤약볕이 사정없이 내리쬐는 논밭에서 일할 때는 나무그늘이 무척 부러웠지만 지금은 왠지 그저 시원하다는 느낌뿐입니다.

우리나라 농촌의 시골마을을 상징하는 나무를 꼽는다면 아마 느티나무가 될 것입니다. 느티나무는 주로 마을의 초입이나 가장

자리에 있으며 마을을 상징하는 수호신입니다. 시골마을에는 토지와 마을을 지켜준다는 서낭이 있는데 주로 느티나무가 그 역할을 합니다. 느티나무가 서낭나무가 되려면 적어도 수령이 300년은 넘을 겁니다. 정월 대보름 무렵이면 마을에서는 제주를 선정하여 서낭제를 지냅니다.

느티나무는 거대하고 가지가 넓게 퍼져서 여름날에 시원한 그늘을 제공합니다. 그러기에 여름 한 철은 마을사람들에게 축복을 줍니다. 느티나무의 수령이 오래될수록 그 마을의 유서를 짐작할 수 있습니다. 느티나무는 20여 세대를 거쳐 오면서 마을에서 일어난 일을 다 알고 있겠지요.

내가 자라던 시골마을에는 말방고와 오미고가 있습니다. 두 곳 다 오늘날로 치면 그늘이 있는 여름날의 쉼터입니다. 말방고에는 거대한 아까시나무 여러 그루가 줄을 지어 그늘을 만들어 주었습니다. 물론 도랑 쪽에는 느티나무도 있었습니다. 아침에 집에서 말방고를 바라보면 아까시나무에서 까치가 울곤 했습니다. 여름철 말방고에서 어른들은 커다란 드럼통으로 솥을 만들어 삼베의 재료인 대마를 찌기도 했습니다. 오미고는 학교 가는 길에 있으며 수령이 4백년이 넘은 느티나무가 있습니다. 아이들은 하루에 두 번은 이 느티나무를 보게 됩니다. 여름방학이 되면 점심 후 가는 곳이 오미고의 느티나무 놀이터였습니다.

느티나무와 노송이 어우러진 공터는 여름날 마을사람들의 최고의 휴식공간이며 아이들의 유일한 놀이터입니다. 점심을 먹은 후 약속이나 한 듯 아이들은 하나둘씩 느티나무 그늘 아래로 모여들어 떠들썩하게 놀이를 합니다. 그쯤이면 시원하게 울던 매미도 울음을 그칩니다. 어른들은 낮잠을 즐기거나 아이들의 놀이를 지켜봅니다. 느티나무가 크고 가지가 튼실하게 뻗어 나뭇가지 사이에 나무를 걸쳐서 만든 잠자리는 최고의 편안함을 줍니다. 나무 위에 올라가서 휴식을 취하는 모습은 환상적입니다.

오미고에 마을사람들이 가장 많이 모일 때는 오월 단옷날입니다. 예전에는 4대 명절인 단옷날에 마을사람들이 함께 즐겼습니다. 느티나무에 그네를 매어놓고 누가 그네를 잘 뛰는지 시합을 했으니까요.

단옷날의 잊혀지지 않는 기억으로는 초등학교 때 담임선생님이 오늘은 단오이니 오전수업만 하고 집에 돌아가 즐겁게 놀라고 하는 것이었습니다. 선생님은 어린이들의 마음을 어떻게 알았는지 그때는 신기하고 무지 고마웠습니다. 지금 생각하면 그 선생님은 낭만이 있으며 어린이들에게 추억을 만들어 주는 존경스러운 스승입니다.

여름방학이 끝나 가면 아쉬움이 남습니다. 무엇보다 숙제를 하지 않아 바빠집니다. 무더운 여름방학이 지나고 학교 가는 길에 느티나무를 무심코 바라보면, 얼마 전에 신나게 놀았던 느티나무와의 추억이 서립니다. 지금 여름방학이 다시 시작되었으면 얼마나 좋을까, 지난 시간을 그리워하며 학교로 갑니다.

내가 사업단에 근무한 지도 벌써 4년째가 되었으니 시간은 기다림도 없이 후딱 지나갔습니다. 작년부턴가 현장을 오가며 차창으로 보이는 느티나무 그늘 아래에는 노인들이 보이질 않습니다. 평상은 그대로 있는데 그들은 무엇을 하고 있을까 궁금증이 더해갔습니다. 거동의 불편하여 못 나오는 노인도 있을 테고, 생을 다하여 저 세상으로 떠난 노인도 있을 것이며, 내가 느티나무 옆 도로를 지나가는 시간에 노인들이 나오지 않았을 수도 있으니 여러 상상을 해 봅니다. 그런데 한 사람도 안 보이니 이상할 수밖에 없습니다.

요즘 날씨는 지구 온난화로 이상기온 현상이 자주 나타납니다. 오늘은 오월 중순인데 초여름 날씨입니다. 등기업무로 법원에 갔다가 돌아오는 길에 잠시 도로 옆 공터에 주차하고 느티나무 아래로 가보았습니다. 느티나무 앞에 설치된 표석에는 "이 느티나무는 1982년 충주시의 보호수로 지정되었으며 수령이 330년이라"고 되어 있습니다.

아직은 여름철이 아니어서 사람들이 쉬러 올 리도 만무하겠지만 생활환경이 편리하여 굳이 마을에서 떨어져 있는 느티나무 그늘에서 더위를 피하려 하지도 않겠지요. 느티나무와 주변을 살펴보니 내 고향의 느티나무 놀이터와 차이가 납니다. 느티나무는 가지가 뻗은 형상이 다를 뿐 비슷하여 친근감이 있습니다. 여기 느티나무는 논과 밭 사이에 있어 평상이 유일한 휴식장소이나, 내 고향 느티나무는 주변이 길과 공터로 되어있어서 많은 사람이 놀거나 쉴 수 있는 공간이 있습니다. 사십여 년 전과 비교하니 삶이 달라졌는데 비교 자체가 되지 않습니다. 내 고향의 느티나무 그늘 아래에도 아마 옛사람이 사라진 쓸쓸한 풍경일 것입니다.

여름은 무덥습니다. 햇볕이 강렬하게 내리쬐면 숨이 턱턱 막힐 정도로 더위에 지치고 힘이 듭니다. 그렇지만 들판의 곡식들은 무더위 속에서 무럭무럭 자랍니다. 느티나무 그늘 아래에도 햇볕이 강할수록 시원합니다.

여름날 오후에 느티나무 옆을 지나갑니다. 오늘도 노인들은 보이지 않고 평상만이 느티나무와 함께하고 있습니다. 지난날 느티나무 그늘에서 담소를 나누던 노인들은 신선이었던 것 같습니다. 내 고향 느티나무 그늘에서 놀던 아이들은 어디에서 무엇을 하며 살아갈까요. 느티나무는 어린 시절의 추억을 보여주고 잠시 세월의 무상함을 느끼게 합니다.

첫여름의 일기

절기는 망종을 지나 6월 중순으로 접어들어 한낮의 열기가 대지를 뜨겁게 달구는 첫여름이 되었습니다. 구내식당에서 저녁을 먹고 나오는데 아직도 해는 서쪽 하늘에 높이 떠 있습니다. 오랜만에 열기도 식힐 겸 사업단 인근 가신리 마을로 산책을 나갔습니다.

지나가는 차량에 주의하며 마을길로 들어서니 푸른 들판이 전개됩니다. 싱그러운 들판을 바라보니 지금 보이는 풍경이 내 어린 시절 시골의 들녘과 똑같은 느낌을 줍니다. 논과 밭에는 벼·고추·담배·콩 등 곡식들이 꽉 차 있습니다. 누가 이렇게 잘 가꾸어 놓았을까? 곡식들이 무럭무럭 자라나는 들녘은 삶을 흐뭇하게 합니다.

나는 농부가 논물 보러 나온 심정으로 벼가 자라는 논을 찬찬히 살펴봅니다. 온 들판에 있는 곡식 하나하나가 그렇게 예쁠 수가 없으며 무척이나 소중합니다. 염치없지만 이 넓은 들판이 내 것인양 마음껏 즐기고 있습니다. 그런데 논밭을 따라 한참 걸어가도 개구리는 보이지 않습니다.

갑자기 개구리 잡던 유년시절이 떠오릅니다. 그때는 온 들판이 개구리 세상이었으며, 개구리가 많으니 뱀도 자주 볼 수 있었습니다. 그 시절에 썼던 첫여름의 일기도 아른거립니다. 매일 같은 것을 반복하니 한 달 내내 일기 내용이 비슷하고 생활이 똑같아도 따분한 줄을 몰랐습니다. 들녘은 푸르고 산천이 녹음으로 덮여 있어서 시간이란 개념을 몰랐던 것 같습니다.

그 시절의 시골생활은 누구나 엇비슷했으며 어른들은 들에서 일하고, 아이들은 방과 후 집안일을 돕거나 심부름하는 것이 일과였습니다. 지금 아이들처럼 공부해야 할 것도 많지 않고 책도 교과서 외에는 거의 없었습니다. 숙제만 하고 나면 완전 자유시간입니다. 어른들은 어떻게 아이들의 생활을 알았는지 잘 부려먹었습니다. 아이들도 집안일을 돕는 것이 학교공부 외에는 당연한 것으로 받아들었습니다.

무더워지는 6월이 되면 아이들은 반바지에 러닝셔츠 차림으로 온 동네 들판을 다닙니다. 상의는 지금의 하얀 메리야스에 비해 훨씬 질이 떨어집니다. 옷에 흙이 묻으니 흰색인 옷이 하나같이 누리끼리합니다. 아이들 몸은 볕에 그을려 러닝셔츠를 벗으면 오히려

가린 자리가 하얗습니다.

봄부터 논에는 물을 가두어 두어 올챙이를 볼 수 있습니다. 논은 대체로 물이 따뜻하고 흙이 부드러워 올챙이의 주요 서식지입니다. 개구리가 알을 낳고 부화하여 올챙이가 되고, 올챙이가 발이 생기며 개구리가 되는 과정을 잘 관찰할 수 있습니다. 올챙이가 떼를 지어 헤엄치는 모습은 참 귀엽습니다. 밤이면 논에서 들려오는 개구리 울음소리가 성가실 정도로 요란했습니다.

첫여름을 예고하는 5월의 들판에서 자연스레 먹을 수 있는 것이 아카시아 꽃입니다. 천방 여기저기에서 잘 자라는 아카시아나무는 홍수 때 제방을 보호합니다. 아카시아 꽃은 달콤하여 잠시 허기를 면할 수 있습니다. 아카시아 꽃이 하얗게 피면 초록의 들판이 눈부십니다.

6월은 오디가 익어가는 계절이기도 합니다. 오디는 단맛이 강한 뽕나무 열매입니다. 그 시절 시골에는 1년에 누에를 2번 치는데 누에는 뽕잎을 먹고 자랍니다. 누에고치는 농가 수입에 상당한 부분을 차지했습니다. 뽕나무는 뽕밭이 있어 별도로 재배했다기보다는, 밭 군데군데 줄 간격으로 넓게 심거나 밭둑에 자라는 정도입니다. 밭의 용도가 누에치기보다는 곡식재배였으니까요. 학교 갔다 오는 길이나 소꼴 베러 가면 아이들은 어김없이 검붉게 익은 오디를 따먹었습니다. 어느 밭에서나 오디 따먹는 것에 대해서는 개의

치 않았습니다. 그때를 생각하면 오디 맛을 잊을 수 없습니다.

농촌에서 가장 바쁜 달이 6월입니다. 벼농사는 모내기를 제때 해야 되니 장맛철인 6월 하순이 아주 바쁩니다. 그 당시 논은 이모작을 하기에 보리를 베고 감자를 캔 후 모내기를 해야 하니 바쁠 수밖에 없습니다. 어느 집이나 일손이 딸렸습니다.

가신리 들녘에는 농부들이 보이지 않습니다. 예전에는 해가 넘어가도 들녘에는 농부들이 많았었는데 그 많던 사람은 어디로 갔을까요. 영농이 기계화되어 일손이 많이 덜어졌고, 농업을 기피하는 경향이 있어 농촌에는 젊은이가 거의 없습니다.

들판을 둘러보는데 뭔가 이상합니다. 예전에는 이맘때쯤이면 문전옥답은 모내기를 위해 물이 가득하고 모를 심는 곳도 있었습니다. 천수답은 보리를 베고 논을 갈고 장맛비가 오기를 기다리는 상태였습니다. 그런데 지금의 논에는 1개월 전에 모내기를 하여 벼가 파랗게 자라고 있습니다. 그렇다고 일찍 벼 수확을 하는 것도 아닌데 말입니다.

아, 농업환경이 변하여 그리된 것입니다. 요즘은 지구 온난화로 볍씨를 일찍 뿌리기도 하지만, 이양기로 모내기를 하려니 모가 어릴 때 모내기할 수밖에 없습니다. 그래서 6월의 논에는 벼가 한창 자라고 있습니다. 예전에는 모내기하자면 물이 있어야 하니, 장마철에 맞추어 모가 상당히 자란 후에 모내기를 했습니다. 예전이나 지금이나 모내기 시기는 다를지라도 벼 수확기는 별 차이가 없습니다.

그 시절 6월의 들판은 무지 바쁜 나날이었습니다. 대부분의 논은 이모작하기에 바쁘기가 한량없습니다. 보리·감자·마늘 등을 수확한 후 논을 갈고 모를 심어야 하니 어쩌면 동시다발적으로 일손이 전개됩니다. 그 와중에 비가 오면 미처 갈지 못한 논에는 물을 대어놓고 논갈이하니 소와 사람은 이중으로 힘이 들었습니다. 비가 오면 보기에는 안쓰러워도 농부들의 마음은 흐뭇했을 것입니다.

잠시 그 옛날 고향의 들판과 가신리 들판이 겹쳐집니다. 저 멀리 들녘을 물끄러미 바라보니, 어린 시절 첫여름의 일기도 논밭에서 일하시던 마을 어르신들도 사라져 갑니다. 무럭무럭 자라나는 곡식들을 보니 가신리 들판은 목가적입니다. 해는 지고 낮과 밤이 교차하는 들녘에는 어둠이 서서히 내리고 있습니다.

미나리
비빔밥

　나는 혼자 있는 게 익숙하고 편안합니다. 가족과 만나는 주말보다 떨어져 있는 시간이 더 좋을 때도 있습니다. 나만의 세상을 추구하고, 하고 싶은 것을 마음대로 할 수 있으니 그러합니다.

　그런데 힘들고 서러울 때도 있습니다. 그것은 갑자기 감기몸살이 왔을 때입니다. 감기몸살이 오면 만사가 귀찮고 고역이며 생각하기도 싫습니다. 병 같지도 않은 감기몸살에 이렇게 몸과 마음이 망가지다니 인생이란 아무것도 아닌 것 같습니다.

　몹시 앓으면 그 와중에도 생각나는 것이 하나 있습니다. 어린 시절 어머니가 해 주시던 돌미나리 생채비빔밥입니다. 그 밥이 그렇게 맛있을 수가 없습니다. 세상에는 별미가 많아도 내게는 미나리비빔밥이 최고이며 늘 먹고 싶습니다.

　어려서 기억이 가물가물하지만 새싹이 돋아나던 봄, 초등학교

입학 전으로 생각되는데 그때 며칠 동안 몸살로 심하게 앓았습니다. 밥을 제대로 먹지 않으니 어머니는 궁리 끝에 미나리를 생각한 모양입니다. 미나리는 해독에 좋은 음식이니 먹으면 감기몸살이 빨리 떨어질 거라는 믿음이 있었나 봅니다. 그즈음은 아직 이른 봄이라서 집미나리는 먹을 정도로 자라지 않아 어머니는 뱅골 산 아래 개울에서 갓 돋은 미나리를 캐왔다고 했습니다.

어머니는 미나리에 고추장과 참기름을 섞어 밥을 비벼주었습니다. 한입 먹어보니 아주 맛이 있어 단번에 한 그릇을 비웠습니다. 밥을 먹은 후 그 자리에서 토하고 말았습니다. 미나리 비빔밥을 맛있게 먹었으나 속에서 거부반응이 일어났나 봅니다. 어머니의 정성에 죄송스러워 눈물이 났지만 그 밥이 얼마나 맛있었는지 너무나 아쉬웠습니다.

그 일이 있은 후 유년시절 귀를 치료하기 위해 병원에 간 것 외에는 기억이 없습니다. 감기몸살을 모르면서 청소년시절을 보낸 것 같습니다. 성인이 되고 나서 5년에 한 번 꼴로 감기몸살을 앓았습니다. 처음에는 설탕물을 한 그릇 마시고 이불을 덮어쓰고 땀을 흠뻑 흘리며 자고 나면 말끔히 치유가 되었습니다. 점점 나이가 들어가니 감기몸살은 설탕물로는 치유가 잘 되지 않고 약을 복용하고 3일 정도가 지나야 낫습니다.

감기몸살은 건강을 측정할 수 있는 병입니다. 나이를 먹어가면서 감기몸살도 5년에 한 번 걸리던 것이 매년 걸립니다. 앓는 기간도 하루에서 이제는 일주일이 지나야 낫습니다. 환절기나 겨울철에 걸리던 것이 이제는 "개도 안 걸린다"는 오뉴월에도 주의하지 않으면 예고 없이 찾아옵니다.

미나리 생채비빔밥을 떠올리면 음식과 관계없는 미나리에 대한 추억이 떠오릅니다. 나는 신입직원 시절을 경남 울주군 언양면에서 시작했습니다. 우리 지사가 면소재지 외곽에 위치하여 그 당시에는 출퇴근을 걸어서 했습니다.

지사 주변은 들판으로 대부분이 논이었습니다. 논에는 미나리와 벼를 2모작 합니다. 봄철에 논은 완전 미나리꽝입니다. 그 넓은 들판이 새파란 미나리로 덮여 있어 온통 미나리 천국입니다. 또한 물이 깨끗하여 싱싱함과 싱그러움을 더합니다. 언양 미나리는 집단적으로 오랫동안 재배하여서 아주 유명합니다.

지사에서 면소재지로 가는 도로 옆에는 주점식당이 하나 있습니다. 퇴근할 때 직원들은 참새가 방앗간을 지나치지 못하듯이 이곳을 거쳐 갑니다. 술에 취하면 다시 면소재지로 나가 2차 술자리가 이어집니다. 다음날 출근하면 누가 미나리꽝에 빠졌다는 소문이 들립니다. 술을 좋아하는 직원들은 미나리꽝에 한 번 정도는 빠진 경험이 있을 것입니다.

미나리는 끌리는 식재료입니다. 봄이 되면 어김없이 미나리가 들어간 음식을 먹습니다. 손쉽게 먹을 수 있는 미나리는 봄철 입맛을 돋웁니다. 미나리 부침개를 비롯하여 미나리 물김치, 미나리 생채 등 언제 먹어도 물리지 않습니다.

시골에 부모님을 찾아뵈면 종종 외식을 합니다. 부모님이 무엇을 드실지를 여쭈어 보지 않고 그냥 읍내로 갑니다. 메뉴는 주로 한우이고 필요에 따라 색다른 것을 선택합니다. 부모님의 의견을 여쭈어도 딱히 말씀하시지 않거나 아무거나 좋다고 하실 거라고 판단하여 그렇게 했습니다. 당연히 아무거나 좋다고 하더라도 여쭈어보는 것이 예의인데 말입니다. 우리 가족의 생활환경이 과거에 머무르고 있다는 것이지요. 왜 이런 얘기를 하냐면, 어머니는 가족을 위해 누룽지를 자주 드시니 자식들은 당신이 누룽지를 좋아서 먹는 줄로 아는 거와 같은 생각입니다.

부모님을 모시고 설악산으로 여행을 간 적이 있습니다. 남설악 오색에서 점심때 도토리묵을 곁들어 먹었습니다. 도토리묵에는 오이·당근·미나리 등 채소가 버무려져 있어 입맛을 돋우었습니다. 처음 주문한 대로 식사를 하고 나왔습니다.

세월이 많이 흐른 후에 우연찮게 아내가 어머니 얘기를 듣고 전해주었습니다. 설악산에 갔을 때 그 도토리묵이 그렇게 맛이 있더라고 말입니다. 나는 아내의 말을 듣는 순간 아차 싶었습니다. 부모님이 점심 드시는 모습을 살피면서 무엇이 더 필요한지를 여쭈었어야 했는데 왜 그러질 못했을까. 조금만 주의를 기울이고 배려했더라면 얼마나 좋았을까 후회해도 소용이 없습니다. 다른 사람들한테는 신경을 쓰면서 가장 소중한 부모님에게는 그렇게 하지 못했는지 나 자신이 미워집니다.

봄이 오면 우리 가곡 정인섭 시인의 〈물방아〉를 가끔 듣습니다. "깨끗한 언양 물이 미나리 강을 지나서 물방아를 돌린다"로 시작하는 노래 가사는 봄날에 들으면 활력이 넘치고 옛 생각이 절로 납니다. 언양의 미나리꽝을 배경으로 한 서정적인 이 시는 산업화 이전의 농촌 들녘을 상상케 합니다.

감기몸살이 나면 짜증스럽지만 자동적으로 어머니가 해 주었던 돌미나리 비빔밥이 생각납니다. 이제는 감기몸살에 걸리지 않아도 미나리를 보면 어린 시절에 앓았던 추억이 미나리의 맛과 향처럼 입맛을 다시게 합니다. 미나리와 고추장과 참기름이 어우러지고, 어머니의 정성이 듬뿍 들어간 비빔밥은 내 최고의 밥상입니다.

고향에서
출근길

인생은 즐거울 때도 있지만 고단한 삶을 겪을 때가 많습니다. 그렇지만 지난 삶을 돌아보면 누구에게나 아름다운 때가 있었을 것입니다. 사람마다 차이는 있겠지만 아름다운 시절도 다양합니다. 어떤 사람은 첫사랑이, 학창시절이 아름다웠다고 할 것입니다. 심지어 고시에 합격한 사람은 다시 태어나도 그 길을 갈 것이라고 합니다. 삶은 결과가 좋으면 아름답게 채색되기 마련입니다.

내 인생에도 더러 아름다운 시절이 있었지만 하나를 꼽으라면 고향에서 출근하던 아주 짧은 3월 한 달이었습니다. 내 고향은 경북 예천인데, 풍기로 인사이동이 있어 집을 구할 때까지 고향에서 다녔습니다. 그때는 부모님이 60대 후반으로 건강하여서 별 근심 없이 초등학교 때 학교 가는 거와 비슷한 느낌이었습니다.

아침에 일어나면 고향마을은 봄을 맞는 기운으로 가득합니다.

고향에서 회사까지는 약 40km로 1시간 정도 소요되어 7시에 고향 집을 나섭니다. 마을을 나오면 산과 들이 차창으로 스쳐 지나갑니다. 아직 들판은 겨울의 모습이지만 느낌으로는 며칠만 지나면 확 변화가 올 것 같습니다.

10분 정도 가면 예천군 용문면 방송리가 나타납니다. 이른 시각에 가방을 둘러매고 등교하는 반가운 아이들을 만납니다. 아이들은 어른들이 들에 나가는 시각에 맞추어 학교를 갑니다. 기억이 희미하지만 여자 둘 남자 하나, 세 어린이였던 것 같습니다. 나는 차를 멈추고 초등학교 가까이로 지나가니 아이들에게 차를 타라고 했습니다. 아이들은 망설임 없이 반가운 듯 탑승합니다. 친근한 시골길이지만 아이들이 2km를 걷는 것은 지루할 수도 있습니다.

내가 초등학교를 다닐 때와 비교하니 많은 차이가 있습니다. 그때는 동네아이들이 많아서 줄지어 가며 함께 등교를 했지요. 이제는 학생들이 거의 없어 면소재지 학교를 제외하고는 대부분이 폐교가 되었습니다. 그때는 매일 보는 아이들이지만 학교 가는 길이 신났던 것 같은데, 이제는 아이들이 몇 안 되어 함께 등교하는 즐거움은 덜 한 것 같습니다.

아이들을 내려주고 지방도, 국도를 한참 지나면 예천군 감천면 천향리에 이릅니다. 천향리에 오면 거대한 한 그루 소나무를 보게 됩니다. 천연기념물인 이 나무는 이름이 '석송령'으로 재산세도 내고 있습니다. 석송령은 높이 10m, 둘레 4.2m의 아름드리나무로 수령 600년의 웅장한 자태를 간직하고 있습니다. 누가 보아도 역사가 깊은 나무라는 것을 단번에 알 수 있으며 아득함을 줍니다.

석송령을 뒤로 하고 들판을 구비 돌아가는 곳에 이르면 안개가 자욱하게 때로는 은은하게 끼어 있습니다. '진무리'라는 표시판이 있는데 마을이름인 것 같습니다. 진무리의 뜻은 모르지만 느낌상 안개와 잘 어울립니다. 안개 속을 지나가면서 저 멀리 산골짜기에는 현자가 살고 있을 것만 같은 느낌을 받습니다.

이제 다시 고개를 넘어야 하니 도로가 가파릅니다. 여기서부터 풍기읍 봉현리까지는 사과밭이 지천입니다. 풍기는 인삼의 고장이지만 오히려 사과 과수원이 더 많습니다. 풍기로 넘어가는 고갯마루에 올라서면, 멀리 소백산이 독수리가 날개를 펼친 형상의 위용을 과시하며 자태를 드러냅니다. 소백산 품안에 있는 풍기가 왜 10 승지인지 알 것 같습니다. 아침마다 소백산의 푸른 정기를 받고 맑은 공기를 마시며 즐거운 마음으로 하루를 시작합니다.

그 한 달이 언제 지나갔는지 꿈꾼 것 같습니다. 어느덧 4월을 맞아 나는 풍기에서 출근하게 되었습니다. 아침에 풍기읍내를 지나가며 학교 가는 어린이들을 많이 보지만 고향집에서 출근하던 기분과도 사뭇 다릅니다. 나의 초등학교 시절로 돌아갈 수 없듯이 한달 전의 시간으로도 돌아갈 수 없습니다.

내 고향 이웃면 방송리 아이들을 차로 태워주며 1주일 정도 지났을 때 제일 큰 여자아이가 담배를 내밀며 "엄마가요, 차 태워줘서 고맙다고 아저씨 드래요" 합니다. 나는 "고맙기는, 가는 길에 태워주는 건데. 아저씨는 담배를 안 피우니 아빠 갖다 드려라"며 받지 않았습니다. 한편으로는 좀 망설여집니다. 아이들 어머니의 성의를 받아들이지 못해서 아이들의 마음을 상하게 하지는 않았는지 난감합니다. 초등학교 때 이와 유사한 일이 있었으니까요.

나는 아이들을 내려주고 가면서 오늘 학교를 마친 후 그 아이가 집으로 돌아가 엄마와 어떤 얘기를 나눌까 미안하기도 하고 궁금하기도 했습니다. 그때 초등학교 때 담임선생님이 떠올랐습니다.

봄소풍 가던 날, 어머니는 담배 한 갑을 주면서 선생님 갖다드리라고 했습니다. 나는 아무 생각 없이 담배를 받아가서 선생님이 반 아이들과 좀 떨어졌을 때 선생님께 어머니 말씀을 전하며 담배를 드렸습니다. 선생님은 씩 웃으면서 마지못해 받으시는 것 같았습니다. 그 순간 얼마나 쑥스럽던지 얼굴이 화끈거렸습니다. 그때 담배를 잘 피우시지 않던 선생님이 완곡하게 사양했더라면 내 마음이 어땠을까 끔찍합니다.

그 아이들을 생각하니 마음에 걸리는 것이 하나 있습니다. 아이들과 작별인사 없이 헤어져서 그렇습니다. 어쩌다 그렇게 되었을까? 오늘이 마지막이 아니라고 미루다가 마지막이 되고 말았습니다. 정말 미안하고 짠합니다. 한동안 아이들은 등교하는 같은 시간, 같은 장소에 오면서 아저씨를 기다리고 있었을 테니까요.

고향집에서 출근할 적에 가장 기대되는 것이 그 아이들을 만나는 것이었습니다. 아이들을 만나면 어린 시절이 그대로 나타납니다. 초등학교 운동장에서 함께 뛰어놀던 어린 친구들의 모습이, 학교를 오가면서 쌈박질도 하고 고구마·무 등 농작물을 캐먹던 개구쟁이 시절이 아련히 떠오릅니다. 아, 그 시절로 돌아가고 싶습니다.

나는 일 년에 몇 번은 이웃 면 방송리를 지나갑니다. 그럴 때마다 그 아이들이 생각납니다. 그들은 성인이 되어 어디선가 열심히 살아가며 그때를 기억하지 않겠지만 나는 그들을 잊을 수 없습니다. 내게 그리움을 주고 옛 추억을 되살려준 그 아이들이 어쩌면 또 다른 내 모습이 아닐는지요.

치마 속
미학

　여자 옷의 상징은 치마이고, 남자 옷의 대명사는 바지입니다. 요즘 바지는 여성들도 즐겨 입지만 치마는 남성들이 입기에는 부적합합니다. 남자가 치마를 입는다 해도 치마 속을 보고픈 흥미나 비밀이 없기에 관심 밖입니다. 치마는 여성의 전유물입니다.

　무엇보다 치마는 맵시가 있고 사람을 아름답게 감싸줍니다. 치마 속에는 무엇이 있을까? 여자들은 관심이 없겠지만 남자들은 치마 속을 매우 궁금해합니다. 남자들은 치마 속을 한 번쯤 보고 싶어 합니다. 그 은밀한 곳에서 일어나는 비밀이 궁금하여 치마 속을 기웃거립니다.

　중학교 때 단체로 영화를 보러 갔습니다. 그 당시 학교에서 단체 관람하는 영화는 본영화 상영에 앞서 애국가가 흘러나오던 시절이라 반공영화나 건전한 영화입니다. 기억에 남는 영화가 있었는데 세월이 흘러 영화제목이 생각나지 않습니다. 인터넷을 검색해 보았지만 찾을 수가 없습니다. 감성이 꽂혔던 그 영화의 일부 장면은 이러합니다.

토요일 오후 네댓 명의 남녀 고교생들이 친구네 과수원에 가서 사과 따는 일을 돕습니다. 그 친구들은 함께 이은상 시, 박태준 곡의 <동무생각>을 노래하며 청춘을 마음껏 발산합니다. 그 당시에는 교복만 입고 다녔으니 교복을 입은 채로 일을 합니다. 사다리에 올라가서 사과를 따기 시작합니다. 머리를 묶고 검정색 교복치마를 입은 여고생은 표현할 수 없을 정도로 싱그럽고 풋풋합니다.

사다리에 올라가 사과를 따고 있는데 갑자기 돌개바람이 불어서 치마가 하늘로 치솟습니다. 그 순간 한 여학생은 당황했겠지만 새하얀 팬티가 시선을 끕니다. 그 장면이 압권이고 아찔하며 즐거움을 줍니다. 바람이 불어 치마가 하늘로 솟아 드러난 팬티는 상상할 수 없는 호기심이며, 이성을 향한 그리움입니다. 그래서 남자는 여자의 치마 속에 관심이 많은 것 같습니다.

동계올림픽은 겨울의 낭만을 보여주고 빙상 위에서 펼쳐지는 스포츠의 세계를 만끽하게 합니다. 겨울 스포츠가 다 나름대로 멋이 있지만 동계올림픽에서의 꽃은 피겨스케이팅이 아닐까요? 빙상 위에서 피겨스케이팅 선수들이 우아한 동작으로 곡선을 그리며 연기하는 모습은 정말 아름다우며, 한 마리 새가 창공을 날았다가

사뿐히 내려앉는 것 같습니다.

피겨 하면 김연아 선수가 떠오릅니다. 밴쿠버올림픽에서 금메달을 따고 소치올림픽에서 은메달을 목에 건 그녀는 세계적인 스타입니다. 그녀의 연기는 타의 추종을 불허하며 단연 돋보입니다. 불모지인 우리나라에서 어떻게 김연아 같은 위대한 선수가 태어났을까 의아하기도 합니다. 오늘날 김연아 선수가 있기까지는 그녀의 피나는 노력과 많은 사람의 지도가 있었겠지요.

나는 김연아의 피겨연기를 보면 무한한 감동을 받습니다. 대회마다 주제음악이 다르고 피겨복장이 다릅니다. 여자피겨들은 치마를 입고 연기를 합니다. 그런데 점프하여 공중회전을 할 때 팬티가 보입니다. 하나같이 팬티색깔은 피겨 옷과 조화를 이룹니다. 피겨선수들이 연기할 때 팬티가 보여도 야릇한 감정을 느끼지 않습니다. 선수들의 복장은 연기와 더불어 예술로 승화되기 때문입니다.

어린 시절에 가족이나 어르신들과 함께 TV를 보다가 비너스 광고가 나오면 민망해서 어쩔 줄 몰라 하던 때가 있었습니다. 그때는 브래지어도 처음 접하고 흔히 볼 수 있는 것이 아니어서 정서가 그랬던 것 같습니다. 처녀들은 빨래를 하고 나서 브래지어는 따로 방 안에 널던 시절이었으니까요. 요즘과 옛날을 비교하면 생활이나 정서면에서 격세지감을 느낍니다.

내가 중3 때 여선생님 치마 속을 본 사건이 있었습니다. 우리 학교는 중·고등학교가 함께 있었습니다. 학교는 높은 언덕에 위치하여 경사가 급한 편이었으며 앞동은 중학교가, 뒷동은 고등학교가 자리했습니다. 통상 한 학년이 4개 반이었는데, 우리 학년은 5개 반이어서 5반은 고등학교 건물에서 공부를 했습니다.

나는 2학년 때 5반으로 뒷동에 있었기에 고등학교 선생님과 마주치는 경우가 많았습니다. 담임선생님이 여선생이었고 선생님과 친한 고등학교 여선생님이 계셨습니다. 물론 두 분 다 처녀선생입니다. 고등학교 선생님은 담임선생님과 친하다 보니, 우리 반 학생들을 잘 알고 교내에서 만나면 이런저런 말을 던지곤 했습니다.

3학년이 되어 우리 교실은 앞동 3층이었습니다. 어느 날 휴식시간이 되어 복도로 나갔는데 2층에 학생들이 몰려 있었습니다. 영문도 모르고 내려가 무심코 보았는데, 뒷동으로 올라가는 계단에 고등학교 그 여선생이 예쁜 치마를 입고 앉아 있는 겁니다. 거리가 좀 떨어졌지만 위로 쳐다보니 선생님의 하얀 팬티가 보였습니다. 순간 얼굴이 확 달아올라 그 자리를 피했습니다. 그런데 선생님의 팬티사건에 대해 이야기하는 학생이 없었습니다. 학생들이 선생님을 사랑하여 혼자만의 추억으로 간직하고 있다는 생각이 들었습니다. 그 후 그 선생님과 마주칠 때마다 죄지은 양 민망했습니다.

꽃이 피면 세상이 아름답습니다. 꽃나무가 군락을 이루면 꽃은 더욱 화려합니다. 나비와 벌이 꽃잎에 입맞춤하느라 야단들입니다. 식물에 피는 황홀한 꽃을 동물에 비유하면 꽃은 동물의 성기 부분에 해당됩니다. 동물의 성은 추한데 식물의 성은 아름답습니다. 그래서 사람들은 옷을 입고 그 안에 팬티를 입어야 합니다. 그 비밀을 보호하고 신비를 간직하기 위해서입니다.

치마 속의 미학은 팬티입니다. 남자의 입장에서 보면 여자는 늘 신비를 간직하고 있습니다. 하지만 그 신비로움도 결혼하면 끝이 납니다. 관심이 없으면 치마 속에 유혹하는 향기를 숨겼다 해도 끌리지 않습니다. 젊음이 한참 지난 여자의 치마 속이 노출되면 오히려 흉하게 보일 것입니다. 남자가 여자의 치마 속을 보고 싶은 것은 그녀에게 사랑을 느끼기 때문입니다.

치마와 팬티는 젊은 시절 남녀의 특권입니다. 여자는 치마 속에 신비를 간직하고, 남자는 그 신비에 끌리는 호기심을 갖고 있습니다. 청소년 시절에 한 번쯤 꽃처녀의 치마 속을 보고 싶은 것은 남자의 아름다운 감성입니다.

우연히 들른 모교

오래전에 직원 결혼식이 있어서 경북 안동엘 갔습니다. 안동은 학창시절을 보냈기에 나와는 인연이 깊은 곳입니다. 결혼식이 끝나고 시간적인 여유는 있으나 마땅히 갈 곳은 없는데 그냥 헤어지려니 마음 한 구석이 허전했습니다. 안동댐으로 가려고 하다가 고교시절의 꿈과 그리움이 모교로 발길을 돌리게 했습니다.

나의 모교는 안동시 용상동에 위치한 안동고등학교입니다. 학교로 가는 동안 그 시절이 하나 둘 떠올라 잠시 아름다운 추억에 젖었습니다. 학교 주변도 많이 변하여 마뜰(말 기르던 곳)은 도로가 확장되고 아파트가 들어서서 옛날의 용상동이 아닙니다. 학교 정문에 도착하니 나를 의아하게 합니다. 학교명이 안동고등학교가 아니라 길주중학교입니다. 아차, 학교를 낙동강 건너 정하동으로 이전했다는 소식은 들었는데 잠시 잊었습니다.

학교는 이전되었으나 이왕 왔으니 교정으로 들어갔습니다. 교문에서 교사까지 가는 길은 양쪽에 거대한 플라타너스 나무들이 무성하여 옛 정취 그대로입니다. 좌측에 있는 연못도 우측에 있는 운동장도 변함이 없습니다.

먼저 발길이 닿은 곳이 1학년 때 반 교실이었습니다. 그 시절이 엊그저께 같았는데 세월이 많이 흘렀습니다. 유리창으로 교실 안이 살짝 보입니다. 그때 공부하던 학우들과 선생님의 잔영이 또렷하게 나타납니다. 세월, 그리움, 영롱한 눈망울 등 영상이 스쳐갑니다. 한참동안 추억 속의 교실을 바라보다가 야외 벤치에 앉아 다시 그 시절로 돌아가 봅니다.

등교시간 학교 앞 버스정류장에는 우리 학교를 나타내는 흰 태를 두른 검정모자가 눈에 띄었습니다. 시내버스에서 내리는 학우들을 보면 마치 시루에서 콩나물이 쏟아지는 것 같았습니다. 가을이면 차도에서 길지 않는 교문까지 사루비아가 붉게 피어 있었지요. 활짝 핀 꽃이 반겨주듯 친구들은 미소로 인사를 나누었습니다. 또한 자전거로 등교하는 학생들의 행렬은 아침을 활기차게 했습니다.

마음껏 뛰어놀던 운동장을 보니 갑자기 힘이 불끈 솟아납니다. 학창시절에 가장 즐거운 시간이 체육시간입니다. 다른 선생님들은 몰라도 체육선생님의 모습은 금방 떠오릅니다. 체육시간에 자유시간을 많이 주는 선생님이 무지 좋았으니까요. 체육시간에 축구를 제일 많이 한 것 같습니다. 토요일 방과 후에도 축구를 했으니, 그때나 지금이나 축구 사랑은 변함이 없습니다.

늦은 밤 도서실에서 공부하다 보면 뒷산에서 소쩍새가 서럽게 울었습니다. 문득 고향생각이 나고 부모님이 보고 싶었습니다. 여름날 나무마다 매미 소리도 요란했습니다. 그 소리와 함께 뜨거운 여름도 가고 그렇게 3년이 흘러갔습니다.

우리 학교는 나무가 많아 낙엽이 떨어지기 시작하면 교내 곳곳에 낙엽을 치우느라 분주합니다. 학급별로 구역을 담당하여 청소를 합니다. 가을이 저물어 가는 날 청소를 하고 수돗가에서 청소도구를 정리하는데, 갓 부임해 오신 교장선생님이 물끄러미 보시더니 가까이 와서 교장선생님 아들도 고등학교 1학년이라고 하며 관심을 보입니다. 인자하신 교장선생님이었는데 어떻게 지내시는지 그립습니다.

그래도 가장 보고 싶은 얼굴은 같은 반에서 공부하던 학우들입니다. 그들은 무엇을 하며 살아갈까요. 꿈 많던 나의 사랑하는 친구들, 모두 그때의 꿈을 마음껏 펼치며 자신들의 길을 가고 있을까요. 내 삶의 현실을 보니 참 야릇한 웃음이 납니다.

우리 학교 개교기념일이 10월 1일이어서 매년 기념일이 되면 졸업한 선배들이 모교를 찾아 체육대회를 합니다. 그때는 아무 생각

없이 누구나 와서 즐긴다고 생각했는데 아무나 오는 것이 아니라는 것을 새삼 알았습니다. 동창들을 이분법으로 분류하면 모교를 찾는 사람과 찾지 않는 사람입니다. 나는 그 행운을 잡지 않은 후자에 속합니다. 모교를 찾지 않는 여러 가지 이유가 있겠지만 내 나름대로 생각은 이러합니다.

학창시절에는 누구나 꿈과 이상이 높고 그곳을 향해 열심히 노력하고 달려갑니다. 학교를 졸업한 순간부터 현실은 달라집니다. 자신이 원했던 대학에 다 진학할 수는 없습니다. 또한 사회에 나오면 자신이 하고 싶은 일을 다 할 수는 더욱 어렵습니다. 이러한 것들로 인해 모교를 찾을 마음의 준비가 되지 않았을 것입니다. 그리고 다음에 가야지 하다가 세월이 많이 흘러 그 시기를 놓쳐버렸을 것입니다.

동창생들이 보고 싶고 찾고 싶은데 만날 용기가 자연스레 없어지는 격입니다. 학력이 높을수록 명문학교일수록 이러한 괴리가 더 심화되는 것 같습니다. 혼자 있을 때는 이래도 한 세상 저래도 한 세상, 인생 뭐 있어 하면서도 막상 누구를 만난다고 생각하면 망설여지는 것이 사람의 마음입니다. 새로운 사람을 만나는 것도 서먹하지만, 오랫동안 만남이 없던 동창을 만나는 것도 서먹한 것입니다.

나는 학교 근처에서 자취를 했는데 할머니가 밥을 해주어서 하숙하는 거나 다름이 없었습니다. 또한 아침 일찍 일어나기에 할머니가 아침을 지으시는 동안 학교로 산책을 나가 가끔 벤치에 앉아 세계단편문학전집 등을 읽곤 했습니다. 지금 보니 그 벤치는 아니나 바로 저 나무 아래 벤치인 것 같습니다. 그때 읽은 책의 내용에 대해서는 거의 기억이 나지 않습니다. 마치 학창시절에 수학공부를 열심히 했는데 아무것도 모르는 거와 비슷합니다. 그래도 수학공부가 사고력을 길러주듯 독서가 문학력을 키워주지 않았을까요.

모교는 부모형제를 사랑하듯 아쉬움과 서러움이 있을지라도 사랑을 외면할 수 없습니다. 만남이 없다고 하여도 동창생들도 이와 같습니다. 많은 세월이 흐른 모교는 외할머니 없는 외갓집과 같습니다. 우연히 들른 모교는 부모님이 없는 친정집과 같습니다. 이제 모교는 추억에만 있는 학교가 되겠지요. 그렇지만 나는 꿈과 이상이 피어나던 고교시절을 소중히 간직하며 남은 생을 살아가는 데 밑거름으로 삼겠습니다. 학창시절은 아름다울 수밖에 없습니다.

하얀 추억

12월 첫날, 첫눈이 내립니다. 날씨는 춥지만 기분이 상쾌합니다. 눈발이 흩날리는 창밖을 보며 잠시 상념에 잠겨봅니다. 오랜만에 눈을 마주하니 지난시절이 그리워집니다. 눈이 온 하얀 세상은 언제나 새롭고 흐뭇했습니다.

어린 시절, 겨울날 아침에 일어나면 세상이 온통 하얀 때가 있었습니다. 간밤에 눈이 오는 줄도 모르고 포근히 잠들었는데 아침에 깨어보니 누군가 눈 세상을 만들어 놓았습니다. 지붕도 장독대도 하얗고 앞산도 뒷산도 눈으로 덮여 있습니다. 노송에도 눈이 소복 쌓였고 나뭇가지마다 눈꽃이 피어 하얀 동화나라에 온 것 같습니다.

나는 한국도로공사에 입사 후 눈에 대한 감성이 서서히 사라졌습니다. 눈이 오면 제설작업이 먼저 떠올라서입니다. 특히 고속도로 유지관리업무를 하는 직원들은 눈이 내리면 낭만보다도 제설작업의 현실이 먼저 닥치니 그럴 수밖에 없습니다. 시골풍경이 아름답지만 농부들이 목가적이라고 하지 않는 것처럼 말입니다. 그래도 많은 세월이 지나고 나니 눈에 대한 낭만과 추억, 그리움이 서서히 살아납니다.

눈과 관계한 가장 오랜 추억은 초등학교 1학년 겨울방학 때였습니다. 그 시절에는 방학기간에 한두 번 학교 가는 날이 있었습니다. 방학을 무사히 잘 보내는지 담임선생님이 점검하기 위해 소집하는 날입니다. 그날이 1월 4일로 기억하는데, 아침에 일어나니 눈이 많이도 쌓였습니다. 지금 아이들은 집을 나서거나 돌아오면 부모님께 인사를 하는데 그때는 집과 동네, 학교가 하나의 생활 장소로 생각했는지 인사하는 습관이 없었습니다. 부모님도 아이들이 집에 없으면 학교나 마을에 간 것으로 크게 관심을 두지 않았습니다.

평소 학교 갈 때는 자연스럽게 아이들이 모이는데, 그날은 1학년 우리 반만 등교하니 같이 갈 아이들은 서너 명 정도입니다. 그 친구들도 친척집에 다니러 가서 나 혼자밖에 없습니다. 우리 마을에서 학교까지는 2km 남짓 됩니다. 나는 홀로 눈 덮인 들길·산길·오솔길을 따라 학교로 갔습니다. 그 당시에는 눈 내린 풍경이 생소하지 않으니 눈길에도 미끄러지지 않고 학교에 도착했습니다. 학교의 지붕과 나무들은 하얗게 덮여 있고 운동장은 아무도 밟지 않았으며 교실문도 잠겨 있었습니다. 숙직실 쪽으로 가니 선생님이 창문을 열고 눈길에 어떻게 왔는지 깜짝 놀라며 반겨줍니다. 한참 지나니 먼 국사봉 산 아래 마을 아이들도 왔습니다. 선생님은 교실에서 난로를 피우고 여러 이야기를 들려주었습니다.

개학 후 선생님은 그날에 있었던 일을, 특히 내가 홀로 눈길을 걸어왔다는 것을 우리 반 아이들 앞에서 이야기했습니다. 나는 선생님 말씀을 쑥스럽게 들으며 더욱 그날을 잊을 수가 없습니다. 지금 생각해도 어떻게 눈이 많이 왔는데 홀로 학교에 갔는지, 이해는 잘 되지 않으나 학교 가는 것이 당연한 걸로 받아들였던 것 같습니다. 그날의 추억이 특별한 것은 없으나 눈길과 학교의 하얀 풍경이 내게는 둘도 없는 순백의 하얀 추억입니다.

눈이 오면 낭만의 추억도 있지만 기억하고 싶지 않은 추억도 있습니다. 아마도 그것은 군복무를 한 사람들이 공통적으로 느끼는 것일 수도 있습니다. 나는 강원도 화천 백암산, 접근산이 보이는 GOP와 그 후방에서 군 생활을 했습니다. 눈이 내리면 설경의 아름다움은 잠시뿐이고 바로 제설작업을 해야 하니 너무나 지겨웠습니다. 어떤 때는 끊임없이 눈이 내리니 제설작업도 반복해야만 합니다. 낮에 오는 눈은 덜 미운데 밤에 오는 눈은 야속하기 짝이 없습니다. 상상하기 싫을 정도로 추운 날, 눈 덮인 산을 바라보고 있노라면 서러운 생각이 들 때가 있습니다. 저 산의 눈이 언제 다 녹을까, 봄은 오기나 할까 하는 생각 말입니다. 그러한 시절도 세월 속으로 사라지고 이제는 아름다움으로 변하고 있으니 인생이란 참 묘합니다.

겨울은 춥지만 눈이 내릴 때는 한결 포근합니다. 또한 눈이 온 세상은 상쾌하고 시원합니다. 눈이 내리면 낭만은 잠시뿐 거리는 지저분하고 서글퍼지기도 합니다. 눈에 대한 추억은 마음속에는 무지 많은 것 같은데, 막상 떠올려 보면 강렬하게 다가오는 것은 별로 없습니다. 설경을 보고 있으면 눈과 청춘이 닮았다는 생각이 듭니다. 눈이 내리는 풍경은 기쁨과 설렘, 낭만과 꿈을 줍니다. 누구나 청춘이 아름답던 시절에는 눈 오는 날의 모습과 비슷했을 겁니다. 어느 새 눈 녹듯이 청춘도 인생도 그렇게 흘렀습니다.

엄동의 겨울날, 설원의 아름다움을 만끽한 적이 있습니다. 동계교육차 강원도 정선에 있는 하이원리조트 스키장으로 갔습니다. 나는 스키를 못 타지만 동료들과 함께 리프트로 마운틴 탑에 올랐습니다. 그곳 정상에서 바라보는 풍광은 그야말로 설경의 극치입니다. 칼바람이 살을 에는 추위지만 끝없이 펼쳐지는 설산은 눈을 뗄 수 없게 합니다.

한참을 설산의 진수에 취해 있는데 문득 호연지기(浩然之氣)라는 문구가 떠오릅니다. 넓고 큰 기운, 자유롭고 느긋한 마음, 용기와 꿈 등이 가슴으로 스며듭니다. 겨울 산의 참맛을 보고 설원이 주는 기운을 받으니 조용하게 움츠려 있던 가슴이 고동칩니다. 저 눈 덮인 겨울 산을 향해 포효하고 싶습니다.

눈이 내리면 좋아하고 추억에 잠기는 것이 우리네 사람들의 특징이며 특권입니다. 겨울 동안 여러 차례 눈 내리는 풍경을 맞이하지만 그래도 첫눈 오는 날이 인상적입니다. 첫눈이 오면 눈을 보며 지난 삶을 돌아보게 됩니다. 눈과 추억의 영상들이 많이 떠오르지만 이상기후 덕택으로 약간의 낭만이 있었던 사월의 눈이 또 아른거립니다.

어느 해 4월 초순, 할아버지 기제사가 있어 고향에 갔다가 아침에 일어나니 생각지도 못한 눈이 왔습니다. 폭설은 아니지만 산과 들에는 제법 눈이 쌓였지요. 출근을 하면서 차창으로 보이는 때 아닌 철 지난 4월의 눈이 가슴으로 스며들었습니다.

간밤에 꽃샘추위로 철 지난 눈이 내려/ 들판은 시름하며 불청객을 원망하네// 벚나무 가지마다 눈꽃 먼저 피고/ 노란 개나리와 흰 눈은 환상의 몸매를 자랑하네// 갓 나온 버들잎 서글퍼 짜증내고/ 먼 산 나무들 잠시 겨울을 맞네// 아침햇살에 눈 녹아 백목련 목욕하고/ 때 아닌 4월의 눈 세상을 눈부시게 하네.

고충민원과
삶의 변화

　누구나 인생의 어떤 시기에 자신이 놀라워할 정도로 삶의 변화가 오는 경우가 있습니다. 일반적으로 청소년시절에는 상급학교를 진학할 때 자신이 한 단계 성장하고 발전했다는 느낌을 받습니다. 성인이 되어서는 변화가 크지 않지만 어떤 계기가 있어 삶의 변화가 심하면 인생이 달라집니다. 내게도 인생관이 확 바뀔 정도로 큰 변화가 있었는데, 그것은 국민고충처리위원회에서 2년여 동안 민원업무를 수행할 때였습니다.

　한 직장에서 오랫동안 근무하다 보면 직장문화와 환경에 익숙하여 안주하게 됩니다. 그러한 생활이 지속되면 매너리즘에 빠지기가 십상입니다. 때로는 삶이 따분하여 새로운 세상으로 나아가고 싶을 때도 있습니다. 인생에 있어 누구에게나 변화의 기회가 몇 번은 있을 겁니다. 내게도 그런 기회가 왔는데 실행할까 말까 많이 망설여졌습니다.

고충처리위원회 파견근무는 양면성이 있습니다. 한편으로는 새로운 조직에서 또 다른 업무를 경험하고 싶기도 하고, 다른 한편으로는 낯선 조직에 적응하려면 어려움이 많을 것 같은 두려움입니다. 특히 고충처리위원회는 고충민원을 처리하는 기관인데, 대부분의 공무원이 민원을 달가워하지 않는 것처럼 나 역시 민원업무가 유쾌하지 않습니다. 고심 끝에 '죽기 아니면 까무러치기지'하며 새로운 세상을 경험해 보리라고 선택했습니다.

고충처리위원회 근무는 무엇보다 출퇴근 환경이 달라졌습니다. 거주지가 수원이라서 수원역에서 서울역까지는 전철로, 서울역에서 고충처리위원회까지는 걸어서 출퇴근을 하는데 그 시간에 수많은 사람과 스치며 도심의 삶의 현장을 보며 색다른 맛을 느낄 수 있었습니다. 하지만 폭주하는 민원으로 어려움도 많았습니다. 빡빡한 업무일정, 민원인의 불만의 목소리에 한시라도 긴장을 늦출수가 없었습니다.

2006년 2월 고충처리위원회에 근무하게 되어 며칠간 겪어보니, 출근하여 차 마시는 사람도 없고 인터넷신문 검색은 딴 나라 일이었습니다. 고충민원을 본격적으로 맡고 나서 이해는 했지만 민원보고서 작성, 전화상담 등 업무에 치여 사는 것 같았습니다. 후회가 막심했지만 어쩔 수 없이 부딪쳐보니 힘들지만 시간이 지날수록 적응되어 의외로 할 만하고 보람도 있었습니다.

고충처리위원회 업무는 매주 고충민원심의의결을 하기에 주 단위로 사이클이 반복됩니다. 조사관에게 민원이 배정되면 신청인과 피신청인에게 민원내용 확인 및 관련 자료를 요구하고, 민원조사·보고서 작성·심의의결 후 민원이 종결됩니다. 조사관은 매주 서넛 건의 민원을 배정받으며, 내가 몸담았던 도로수자원팀은 민원 특성상 현장을 조사해야 하는 민원이 많습니다. 민원처리기간이 60일이고 조사 후 처리하다 보니 진행민원이 20여 건이 됩니다.

공익사업이 있고 공공업무를 수행하는 곳에는 애환이 있게 마련입니다. 대부분의 사람은 혜택을 보지만 그 업무과정에 직접 피해를 본다거나 부딪히는 당사자에게는 아픔이 있습니다. 모든 업무는 법에 따라 처리되지만 우리 사회는 법으로 해결할 수 없는 사안이 의외로 많습니다. 민원인의 요구를 다 들어주면 좋으련만 현실은 그렇지 않습니다. 국가는 국민 모두에게 공정하고 형평에 맞게 업무를 처리해야 하기에 더욱 그러합니다. 우리나라가 복지국가가 되고 재정이 충분히 확충되면 많은 민원이 해결되겠지요.

우리는 자신의 주변 환경을 보고 타인과 사회를 평가하는 경향이 있습니다. 내가 만족하면 다른 사람도 만족할 것으로 약간 착각을 합니다. 모든 것은 나 중심에서 바라보기에 거기에는 상당한 괴리가 생길 수밖에 없습니다. 나는 민원조사를 다니면서 어렵게 살아가는 사람들의 애환을 보았습니다. 그 민원인들의 투정까지도 경청하면서 지금까지 나 자신만을 위해 살지는 않았는지 회의가 들 때도 있었습니다. 이제는 더 많은 사람과 어울려 더 좋은 사회를 만들고 더 넓은 세상을 보리라고 다짐도 했습니다.

고충처리위원회에 근무하면서 덤으로 받은 즐거움이 있습니다. 그것은 전 국토 기행 내지 순례, 아니 정원 같은 산하를 주유하는 것입니다. 발길 닿는 곳마다 명승고적이 있고, 자연의 아름다움이 있으며, 고장의 인심과 특산물까지 어느 것 하나 소중하지 않은 것이 없습니다. 서서히 바뀌는 계절의 변화에서 산천의 움직임이 보이고, 하루의 기후변화에서 다양함과 무쌍함을 느끼는 즐거움은 훗날 알찬 내 자산이 되었습니다.

매주 월요일에는 새로운 민원을 배정받고, 상정된 조사결과보고서를 심의 결정하는 소위원회에 참석하기에 매우 바쁜 하루가 됩니다. 통상적으로 월·화요일에는 결재상신 등 위원회에서 업무를 하고, 수·목·금요일에는 현장조사를 나갑니다. 민원조사보고서 작성은 틈틈이 하거나 토요일에 할 수밖에 없습니다. 민원이 전국적으로 산재되어 있기에 민원조사는 2박 3일이 소요됩니다. 타 조사관과는 달리 자가 차량으로 1박 2일에 민원조사를 끝내고, 금요일부터 집에서 민원보고서를 작성합니다.

토요일 오전까지 거의 민원조사보고서 작성을 마무리하고, 오후에는 주변 산이나 야외로 산책을 나갑니다. 자주 가는 곳이 서수원에 있는 칠보산인데 산을 오르면서도 민원회신문에 대한 생각이 떠나질 않습니다. 특히 민원인의 요구를 받아들이기가 어려운 보고서나 안내하는 회신문에는 더욱 신경이 쓰입니다. 어떻게 하면 조금이라도 민원인의 마음을 어루만져줄 수 없을까, 고민을 합니다. 같은 내용이라도 민원인의 입장에서 어떻게 작성된 회신문이 마음을 덜 아프게 할까, 문장 하나 용어 하나 선택에도 정성을 다해봅니다. 그러한 생각을 하고 다시 회신문을 수정합니다.

민원처리결과를 회신하면 으레 전화를 받습니다. 수용된 민원은 고맙다는 인사이고, 기각된 민원은 불만의 목소리입니다. 그런데 현실적으로 도움을 주지 못한 민원인에게서 고맙다는 인사를 받을 때가 있습니다. "민원처리결과에 관계없이 감사를 표하고 싶고, 멀리 현장까지 와서 투정도 다 들어주고, 민원처리에 고심한 흔적이 역력하다"는 말을 들을 때 보람을 느낍니다.

나는 고충처리위원회에서 복귀하여 고충민원과 관련된 사연들이 아른거려 한동안 잠을 이룰 수가 없었습니다. 눈감으면 떠오르는 그리운 산하가, 선량하게 살아가는 민초들의 애환이, 민원의 실체와 민원처리에 관계된 많은 사람이 — 이 모든 것을 더욱 사랑해주지 못했던 후회와 소중함을 기록으로 남기고 싶어 《고충민원 이야기》라는 제목으로 책을 출간하게 되었습니다.

생각이나 느낌 등을 글로 표현한다는 것이 생경했는데, 고충민원 이야기를 시작으로 어쩌다 책을 3권이나 쓰게 되었습니다. 새벽에 일어나 특별히 할 일이 없으면 글을 쓰는 일이 생활화되었습니다. 이러한 것이 내 삶에 큰 변화를 가져왔습니다. 국민고충처리위원에 근무하지 않았더라면 이러한 변화도 나 자신의 새로운 면을 발견하기도 못했을 텐데 말입니다.

고충처리위원회를 떠나기 며칠 전 팀원들과 송별회식이 있었습니다. 팀장이 사적으로 내게 하신 말씀이 있었습니다. 업무가 바쁠 때 의결서, 회신문 등 내 민원조사보고서는 보지 않고 결재했다고 합니다. 용어 하나 선택에도 적합하고 적절했다고 덧붙입니다. 이 말을 듣는 순간 몸과 마음이 잠시 멎었으며, 그 힘들었던 고충민원까지도 갑자기 아름다움으로 변했습니다.

나는 업무적으로 이런 무한 신뢰를 받아본 적이 없습니다. 팀장 말씀에 과장이 있었겠지만 몇 번은 그랬을 것으로 판단됩니다. 월요일에는 민원조사보고서가 많은데 결재를 빨리 해 주고, 민원조사를 가지 않는 요일에는 상대적으로 결재건수가 적은데 결재를 올리면 수정 등 결재시간이 상당히 소요되었습니다. 주심위원의 최종결재가 남아있는데 팀장이 보고서 내용을 보지 않고 결재했다는 것은 말이 안 됩니다. 그렇지만 매주 팀장이 결재해야 하는 건수가 너무 많기에 그랬을 거라는 생각이 듭니다. 부족한 점이 많았지만 믿음과 신뢰관계를 형성할 수 있게끔 노력한 결과일 것입니다.

어쨌거나 위원회에 근무하는 동안 내공이 쌓이고, 많은 지식을 습득하고, 더 넓은 세상을 접했던 것이 내 삶의 변화를 가져왔습니다.

제4장

삶을 관조하며

시 한 수를
읊으며

시란 무엇일까? 시는 만상만물과의 교감이며 마음의 거울입니다. 그곳에는 아름다움이 있고 희로애락이 있습니다. 시는 삶에 지혜를 주고 세상을 감동으로 물들입니다. 또한 시는 꿈과 희망, 힘과 용기, 위안 따위의 활력을 줍니다. 우리는 살아가면서 많은 시를 접하고 애송합니다. 하지만 모든 시가 가슴에 와 닿지는 않습니다. 어떤 시는 이해가 잘 되지도 않습니다. 시는 시인의 고유한 생각과 느낌과 감정의 함축적인 표현입니다.

시인은 정직하면서도 허풍쟁이고 괴짜이면서도 아름다운 영혼을 가졌습니다. 시인은 마술사입니다. 그래서 시인은 시상을 드러내기도 하지만 꼭꼭 숨겨놓습니다. 독자들은 그것을 찾습니다. 그것을 찾았을 때 쾌감이랄까 황홀감이 있습니다.

나는 소월과 이은상 시인을 좋아합니다. 소월의 시는 이해하기가 쉽고 자연스레 다가옵니다. 어린 시절, 시골에서 동무들과 놀이 할 때 높은 나무에 올라가면 골목에서 노는 아이들이 한눈에 보이듯이 소월의 시는 그 의미가 다 보이고 그냥 가슴에 와 닿습니다.

이은상의 시는 곡조 그 자체입니다. 시어, 문장, 문맥이 물 흐르듯 운율을 띠며 쉽게 흥얼거리게 합니다. 또한 지난 시절의 정서를 잘 드러내 줍니다. 시인은 갔어도 시는 영원히 내 가슴에 남아 있습니다.

동서고금을 통틀어서 가장 좋아하는 시인이 누구냐고 묻는다면, 당나라 시인 두보와 이백이 떠오릅니다. 두보와 이백은 만고의 뛰어난 시인으로 그들이 추구하는 시는 시성과 시선, 현실과 이상, 인간과 자연 등으로 확연히 대비됩니다. 한 시인을 선택해야 한다면 학창시절에는 왔다갔다 했는데 나이가 들어감에 따라 자유분방한 이백 쪽으로 기울어집니다.

이백의 시 한 구절에 그만 마음을 빼앗겨 멍한 적이 한두 번이 아닙니다. 〈산중문답〉의 별유천지비인간(別有天地非人間)이나 〈망여산폭포수〉의 비유직하삼천척(飛流直下三千尺)은 감동 그 자체이며 잊히지 않습니다.

내가 가장 좋아하는 시는 고등학교 때 한문 참고서에서 본 당나라 시인 유희이의 〈대비백두옹(代悲白頭翁)〉입니다. 나는 이 시를 보는 순간 가슴이 뛰었다기보다 멎었습니다. 어떻게 인생여정을 한 편의 시로 표현할 수 있었을까? 그 후 자주 이 시를 읊었으며, 특히 꽃피는 봄날이 오면 감상하곤 합니다.

이 시를 읊을 때마다 고교시절 한문 참고서가 있었으면 얼마나 좋을까, 아쉬움이 남습니다. 그때는 그 참고서의 번역이 기가 막힐 정도로 멋졌다고 생각했는데 참고서를 남겨두지 않아서 아쉬움이 남습니다. 어쩔 수 없지만 인터넷에서 검색한 번역문을 옮기면 이러합니다.

낙양성 동쪽 복숭아꽃 오얏꽃은/ 날아오고 날아가서 누구 집에 떨어지나// 낙양의 아가씨는 얼굴빛을 아끼고/ 우두커니 지는 꽃에 길게 한숨 진다// 올해도 꽃이 지면 얼굴빛이 변하리니/ 내년에 꽃필 때에 누가 다시 있으리// 소나무 잣나무가 장작 됨을 보았고/ 뽕밭이 변하여 바다 됨을 들었네// 옛 사람은 성 동쪽에 다시 없는데/ 지금 사람 꽃보라 속에 다시 서 있네// 해마다 피는 꽃은 비슷하지만/ 해마다 사람 얼굴 같지 않구나// 들어라 한창 나이 젊은이들아/ 얼마 못살 늙은이를 가엾어 하라// 노인의 흰머리가 가련하지만/ 그도 지난날엔 홍안의 미소년// 귀한 이들 더불어 꽃나무 아래 놀고/ 맑은 노래 멋진 춤을 꽃보라 속에 즐겼지// 호사로운 자리에서 잔치도 벌였고/ 화려한 저택에서 호강도 하였네// 하루아침 병 들으니 찾아오는 사람 없고/ 봄날을 즐김은 누구에게 가버렸나// 고운 눈썹 아가씨야 언제까지 고우려나/ 머지않아 흰머리가 실처럼 얽히리니// 예전부터 노

래 춤이 끊임없던 이곳에도/ 이젠 황혼 속에 새들만 슬피 우네

한시의 묘미는 우리글과는 달리 뜻글자이기에 이해하기가 어려워도 뜻만 알면 내용파악이 더 쉽습니다. 한문의 특성이 운율과 대구(對句)인데, 이는 시 내용의 이해와 상상력을 도울 뿐 아니라 제한된 글자 수에서 오는 한계를 극복할 수 있습니다. 이 시는 7언 26행의 배율로 방대합니다. 젊은 날에서 죽음을 앞둔 인생 전체를 표현하다 보니 방대할 수밖에 없습니다. 한시를 우리말로 번역하기란 쉽지 않습니다. 또한 지은이의 시상을 적확하게 전하기란 어려운 것입니다.

나는 이 시를 읽고 놀란 것이 둘이 있습니다.

하나는 한시 원문에 보면 〈年年歲歲花相似 歲歲年年人不同〉이라는 대목이 있습니다. 어떻게 이런 시구를 조어할 수 있었을까, 참 기막히게 좋습니다. 年年歲歲나 歲歲年年은 앞뒤만 바뀌었을 뿐 같은 뜻인데 "연연세세화상사 세세년년인부동"이라는 두 구절에 흠뻑 빠지지 않을 수 없습니다.

또 하나는 伊昔紅顔美少年과 惟有黃昏鳥雀悲라는 구절입니다. '이석홍안미소년'은 꿈 많았던 지난날을 그립게 합니다. '유유황혼조작비'는 인생의 무상함을 느끼게 합니다.

학창시절에 이 시를 읊으면서 후회 없는 삶을 살 것을 다짐했지

만 여전히 후회는 남아 있습니다. 인생에 있어 후회는 경중의 차이일 뿐 누구에게나 있게 마련입니다. 청춘의 꿈은 사라졌지만 꽃피는 봄날에 이 시를 읊으면 지난시절의 아름다움이 다가오기도 합니다.

해마다 맞이하는 봄도 같은 봄이 아니듯이, 매년 봄이 되면 한 번쯤 읊어보는 이 시도 시각이나 날씨나 내 기분에 따라 미묘한 차이가 납니다. 새벽 봄비 소리를 들으며 읊을 때나 햇살이 창을 타고 스며드는 모습을 보며 읊을 때는 정감이 확연히 다릅니다. 시를 읊는 것도 때와 장소, 그날의 기분에 따라 좌우되니 이 또한 시의 묘미가 아닐까요?

자연이든, 인생이든 아름다움을 보고 무한한 감동을 느낄 때 누구나 시를 쓰고 그림을 그리고 노래를 만들고 싶을 것입니다. 하지만 그러한 재주가 없고 예술로 표현할 방법을 모른다면 참 안타까울 일이지요. 그래서 시인을 비롯하여 예술가들이 무척이나 부러울 때가 있습니다.

나는 시와 시인을 좋아합니다. 한 편의 시를 쓰기 위해 몇 날을 고뇌하고 생각을 거듭하는 시인의 삶이 뭉클하게 다가옵니다. 시와 시인의 고마움을 간직하며 더욱 아름다운 삶을 살고 싶습니다. 한 편의 시가 주는 즐거움을 누리면서 시와 삶에 대한 새로운 안목을 열어가고 싶습니다.

수상한 그녀

《수상한 그녀》는 심은경 주연의 스무살 꽃처녀가 된 칠순 할매의 빛나는 전성기가 시작되는 영화입니다. 할매 역은 나문희이고, 꽃처녀 역은 심은경입니다. 영화의 내용은 대략 이러합니다.

욕쟁이 칠순 할매 오말순은 가족들이 자신을 요양원으로 독립 시키려 한다는 사실을 알게 됩니다. 뒤숭숭한 마음을 안고 밤길을 방황하던 할매는 오묘한 불빛에 이끌려 '청춘사진관'으로 들어갑니다. 난생 처음 곱게 꽃단장을 하고 영정사진을 찍고 나오는데, 그녀는 버스 차창 밖에 비친 자신의 얼굴을 보고 경악을 금치 못합니다. 그녀는 오드리 헵번처럼 뽀얀 피부, 날씬한 몸매 등 탱탱한 꽃처녀의 몸으로 돌아간 것입니다. 아무도 알아보지 못하는 자신의 젊은 모습에 그녀는 스무 살 '오두리'가 되어 빛나는 전성기를 즐깁니다.

2014년 1월 초에 수상한 그녀의 예고편을 보고 이 영화를 꼭 봐야겠다고 마음을 먹었습니다. 영화개봉이 1월 22일이었는데 몇 번을 보려고 했으나 일이 생겨서 보지 못했습니다. 막을 내릴까 봐 조마조마했는데 드디어 3월 1일에야 보게 되었습니다. 영화를 검색하니 관객 수가 8백만을 넘었습니다. 아역배우 심은경을 '거상 김만덕'에서 보았는데 그때 강렬한 끌림이 있어서 꼭 보고 싶은 또 다른 이유가 있었습니다.

장르가 코미디, 드라마여서 흥미도 있었지만 영화를 보는 내내 즐거워서 눈을 뗄 수가 없었습니다. 그 아역배우가 저렇게 성장해서 참 맛깔 나는 연기를 합니다. 노래도 어쩌면 저렇게 잘 부르는지 푹 빠지게 합니다.

나는 한때는 영화광이었습니다. 하루에 2편을 본 적도 있으니까요. '영화, 그 이상의 감동'이라는 광고 문구는 나를 위한 것이라고 생각했습니다. 영화를 보고 있노라면 세상사를 다 잊습니다. 영화는 경험하지 못한 또 하나의 인생입니다. 그 짧은 시간에 함축된 삶을 체험한다는 것도 무지 좋습니다. 어떤 영화를 보면, 어떻게 저런 상상을 할 수 있을까? 시나리오 작가나 영화감독이 놀라울 따름입니다.

《수상한 그녀》를 보고 두 가지 느낀 점이 있습니다.

하나는 칠순 할매가 꽃처녀가 되어 전성기를 즐기는 모습입니다. 누구나 자신의 인생을 돌아볼 때 옛날로 돌아갈 수는 없지만 멋있는 인생을 상상할 수 있습니다. 어떤 인생을 살았든 간에 후회는 있게 마련입니다. 누구나 과거를 돌아보고 — 아름다움에 흠뻑 빠질 수도 있고, 이루지 못한 것을 완성해 보고도 싶고, 가지 않는 길에 대한 동경도 해보고, 어리석고 부끄러운 일들을 지우고 싶은 — 그런 마음이 있을 것입니다.

칠순 할매는 소싯적에 노래를 잘 부르고 무척 좋아했나 봅니다. 사람들 앞에서 가수 채은옥의 빗물을 부르는데 모두가 놀라워하고 감탄합니다.

> "조용히 비가 내리네/ 추억을 말해주듯이// 이렇게 비가 내리면/ 그날이 생각이 나네// 옷깃을 세워주면서/ 우산을 받쳐준 사람// 오늘도 잊지 못하고/ 빗속을 혼자서 가네// 어디에선가 나를 부르며/ 다가오고 있는 것 같아// 돌아보면 아무도 없고/ 쓸쓸하게 내리는 빗물 빗물// 조용히 비가 내리네/ 추억을 말해주듯이// 이렇게 비가 내리면/ 그날이 생각이 나네."

70년대 말 채은옥의 빗물을 들으면 슬픔과 한이 많은데, 꽃처녀 심은경이 부르는 빗물은 슬픈 멜로디도 아름다운 추억으로 승화되고 있습니다. 결국 꽃처녀는 손자가 결성한 '반지하밴드'에 합류하여 보컬로 무대를 사로잡습니다.

또 하나는 칠순 할매 꽃처녀와 아들과의 대화 장면입니다. 반지하밴드 손자가 공연시간에 맞추기 위해 오토바이를 타고 급히 가다가 사고를 당합니다. 수술을 해야 하는데 피가 모자랍니다. 손자는 피를 쉽게 구하지 못합니다. 가족들은 할머니 피가 손자 피하고 같다며 할머니를 생각합니다.

칠순 할매 꽃처녀는 병원으로 가서 손자에게 피를 주겠다고 합니다. 그런데 피를 뽑으면 꽃처녀는 다시 칠순 할매로 돌아가야 하는 운명입니다.

꽃처녀가 자기 어머니라는 것을 안 아들은 꽃처녀와 이야기를 나눕니다. 아들은 어머니의 어렵고 힘들었던 인생역정을 알기에 헌혈을 만류합니다. 아들은 눈물을 흘리며 "내 아들은 제가 지킬 테니 어머니는 어머니 인생을 살아가시라"고 합니다. "과거로 돌아가 험난한 삶을 살지 말고 지금의 삶을 즐기시라"고 합니다. 꽃처녀인 어머니도 눈물을 흘리며 "내가 살아온 인생이 힘들었어도 좋았으며, 다시 태어나도 같은 삶을 살겠다"고 합니다.

나는 어머니와 아들의 대화에서 감동을 받고 눈시울을 적셨습니다. 《수상한 그녀》는 단순 코미디 영화가 아닙니다. 지난 시절을 돌아보고 꿈과 추억, 감성의 세계로 끌어당기는 마법이 있는 영화입니다. 오랜만에 영화, 그 이상의 감동을 받았습니다.

영리한 백구

　인사이동으로 충주에 있는 건설사업단에 왔을 때 '백구'라는 녀석이 있었습니다. 나는 애완동물을 길러보지 않아서 처음에는 백구에게 애착이 별로 없었습니다. 그런데 하는 짓을 보고 자주 접하다 보니 조금씩 정이 갑니다. 백구는 진돗개와 풍산개의 잡종인 것 같습니다. 직원들이 백구를 '강희'라고 부릅니다. 백구를 애지중지하던 팀장이 자신의 성명 앞 두 글자를 따서 부르게 되었다고 합니다.

　백구는 영리하고 용맹하며 무엇보다 사냥을 잘합니다. 동물의 속성이 그렇듯이 백구도 개집에 있으면 답답해하고 활동을 하려고 무척 애를 씁니다. 백구를 풀어놓으면 국망산 끝자락을 오르내리며 고라니 정도는 쉽게 사냥을 합니다. 백구는 사업단 주변의 뱀도 다 잡습니다. 더 나아가 백구는 꿩도 사냥하려고 합니다. 백구가 무작정 꿩에게 달려드니 꿩은 날아갑니다. 몇 번을 시도하다 안 되니까 백구는 살금살금 접근을 합니다. 백구가 아무리 영리해도 꿩 잡는 것을 본 적이 없습니다. 백구는 "뛰는 놈 위에 나는 놈이 있다"는 속담을 모르는 것 같습니다.

휴일에 당직하러 오면 백구가 먼저 반깁니다. 평상시에는 본체만 체하더니 되게 아는 척을 합니다. 사람이 반갑다기보다는 밥 주기를 기대하기 때문이지요. 일단 백구 주변을 살펴보고 사무실로 들어갑니다. 점심때가 되면 백구가 먼저 생각납니다. 휴일이라서 구내식당도 쉬고 백구와 단 둘이 있으니 밥을 챙겨주어야 합니다. 백구 먹이(사료)는 있는데 자꾸 짖습니다. 이 녀석이 특식을 요구하는 모양입니다. 라면을 끓여서 백구에게 주고 나는 빵으로 점심을 때웁니다. 백구와 나 누가 주인인지 구별이 안 갑니다.

당직을 하다 보면 가끔은 백구가 우리를 탈출하여 온 사방을 누빕니다. 그냥 곱게 놀다가 오면 다행인데 이웃 개와 싸우니 신경이 쓰입니다. 이웃 개를 물어 개 주인이 와서 "개 단속을 어떻게 하느냐"며 항의할 때가 있습니다. 미안하다는 말 외에는 할 말이 없으니 신경이 쓰입니다.

아이들이 놀다가 싸우면 아이싸움이 어른싸움이 되는 경우가 있습니다. 맞는 아이와 때리는 아이가 있게 마련이지만 도가 지나치면 어른싸움으로 번집니다. 자식이 남을 때리는 것을 좋아하는 부모는 없겠지만 자식이 맞고 들어오면 부모는 당연히 화가 납니다. 맞은 아이 부모가 찾아와서 "애를 어떻게 키우기에 사람을 때리느냐"고 화를 내면 부모는 죄인이 된 기분일 것입니다. 자주 그런 사건이 일어나면 부모는 아이에게 차라리 맞고 들어오면 좋겠다고 하소연을 합니다. 백구가 용맹하여 사냥을 잘하더라도 당직할 때만큼은 터지고 오면 좋겠다는 생각을 합니다.

한번은 당직을 할 때 백구가 우리를 나와 주변을 돌아다니고 있었습니다. 잡으러 가면 달아나고 우리로 유도해도 가지 않습니다. 어떤 짓을 저지를지 모르기에 어쩌거나 우리에 가두어야 합니다. 방법은 먹이를 주고 잡는 수밖에 없습니다. 내가 간식으로 먹으려고 숙소에 두었던 누룽지를 들고 나오니 따라옵니다. 누룽지를 주고 백구가 정신없이 먹는 사이에 개줄을 연결해서 우리에 가두었습니다. 나는 백구를 보며 내가 너에게 특식도 주고 하는데, 너는 나의 진정성을 모르냐고 녀석을 째려 보지만 백구는 백구일 뿐입니다. 백구와 나는 신뢰관계가 부족한 것 같습니다.

평소 구내식당에서 점심을 먹고 사무실로 올라올 때 어김없이 백구를 봅니다. 백구는 점심시간에는 여러 직원이 지나가도 아무에게나 짖지 않습니다. 오로지 백구에게 먹이를 줄 직원에게만 아는 척을 합니다. 누가 백구에게 먹이를 줄지 아는 것을 보면 백구는 참 영리합니다. 점심시간에는 내가 필요하지 않다는 것을 아니까 백구의 무관심이 서운하지 않습니다.

직장이나 사회생활을 하다보면 백구와 닮은 사람도 있습니다. 외모가 아니라 하는 행동이 너무나 유사합니다. 자기가 필요할 때는 아는 척을 하고 온갖 아양을 떨다가도, 상대방이 자기에게 도움이 되지 않는다고 판단되면 무관심한 사람 말입니다. 그런 사람은 욕을 많이 먹으며 대부분의 사람이 싫어합니다. 나는 가끔 우리 조직에도 백구 닮은 사람이 몇 있다고 농을 합니다. 그러면 직원들은 공감을 하면서 한바탕 웃습니다.

백구가 하는 행동에는 얄미운 점이 있어도 크게 괴이하지 않으면서, 사람이 백구와 유사한 행동을 하면 화가 납니다. 특히 믿었던 사람이 그렇게 변했다면 배신감을 느낄 수도 있습니다. 백구가 점심시간에 먹을 것을 달라고 사람을 선별해서 짖는 행동은 본능이며 영리한 것입니다. 사람은 동물과 달리 인성을 가졌기에 매사에 그런 행동을 하면 당연히 비난을 받으며, 심지어 영악스럽다는 말까지 듣게 됩니다.

다년간 백구를 보아오면서 사람과 백구와의 또 다른 점을 보았습니다. 우리 사업단에서는 1주일에 3번 점심시간에 국선도를 수련합니다. 국선도 사범이 오는 날은 백구의 행동이 좀 다른 것 같습니다. 사범은 식사를 하고 먹이를 챙겨 와서 백구에게 줄 때 '앉아, 일어서' 등 훈련을 하고 먹이를 줍니다. 언뜻 보면 백구와 대화하는 것 같습니다. 그리고 백구와 주변을 산책합니다.

직원들은 단순히 먹이만 주는데 사범은 백구의 애로사항이 무엇인지 다 아는 것 같습니다. 사범은 애완동물을 길러온 경험이 많아 그렇겠지만, 동물을 사랑하는 목적 없는 애정이 백구의 행동도 바뀌게 합니다. 누구나 애정의 마음을 갖고 있지만 표현하느냐, 실천하느냐가 중요한 것 같습니다. 백구도 애정으로 다가가면 변화가 있는데, 미운 사람도 애정으로 대하면 사랑이 넘쳐날 것입니다.

나는 개집 앞 작은 연못가에서 가끔 백구와 마주치면 백구의 삶도 한번 생각해 봅니다. 연못에 노니는 잉어, 백구 그리고 나는 유전자가 얼마나 일치할까? 한동안 상념에 잠겨봅니다. 백구는 행복할까, 백구는 즐겁게 살까, 백구의 애로사항과 고민은 무엇일까 등을 생각해 봅니다. 백구는 먹는 것에 늘 관심을 가지며 동물본능에 따라 살아갑니다. 자유롭게 주변을 돌아다니며 사냥을 하는 것이 백구의 바람일 거라고 단정해 보지만, 그렇지 않다고 해서 불평하지는 않을 것입니다. 영리한 백구를 보며 삶을 돌아봅니다.

전원생활
체험

 누구나 한 번쯤은 행운을 실감한 적이 있을 것입니다. 일상적으로 행운이라는 말은 관공서나 회사에서 문서를 보낼 때 회신문 첫머리에 행운을 기원한다고 씁니다. 또한 개인은 서한문 말미에 행운을 빈다고 합니다. 사람들은 행운을 좋아하며 늘 행운을 기대하며 사는지도 모릅니다.

 삶에는 행운이 조그만 것에서 깜짝 놀랄 만한 것까지 많이 있습니다. 그런데 사람들은 자신에게 어떤 행운이 있었는지 잘 인식하지 못합니다. 로또복권이 당첨되는 정도가 되어야 행운이라고 생각하기에 자신에게 진정한 행운을 모르고 삽니다.

 내가 음성제천고속도로 건설현장에 왔을 때 사업단 뒤편에 아담한 전원주택이 하나 있었습니다. 그때는 잘 몰랐으나 몇 년이 지나니, 이 전원주택이 내게 소중한 행운이라는 것을 알게 되었습니다. 전원주택에 살아보지 않고 전원주택의 삶을 체험할 수 있었으니까요.

사람들은 전원주택이든, 다른 어떤 것이든 간에 좋은 것만 생각하기에 환상을 갖게 됩니다. 마치 아리따운 사람과 결혼하면 마냥 행복한 생활이 펼쳐질 것처럼 말입니다. 막상 결혼하면, 그 환상은 구름이 흩어지고 무지개가 사라지듯 깨어지고 일상생활과 조우합니다.

우리 산하를 유람하면서 내게 가장 많이 다가오는 것이 전원주택입니다. 우리나라 농촌은 어디를 가나 풍치가 아름답고 목가적입니다. 그러한 환상에 사로잡히니 전원의 삶을 생각하지 않을 수 없습니다. 하지만 막연한 꿈을 현실로 옮기기는 쉽지 않습니다. 전원주택을 장만하려면 상당한 자금과 마음이 드는 곳이 있어야 하기에 실행하기가 어려운 것이 현실입니다. 그리고 전원주택은 한번 지으면 원상태로 돌리기가 어렵습니다. 한번 결혼하면 쉽게 무를 수 없는 거와 같은 이치입니다.

무료로 전원주택의 삶을 체험한다는 것은 가치 있는 행운입니다. 물론 전원의 삶을 사는 사람과는 괴리가 있겠지요. 계절이 오고 감을 4년 동안 지켜보면서 자세히 관찰할 수가 있었으니, 때로는 그곳에서 즐거움을 만끽할 수 있었으니 이보다 더한 체험은 없다고 봅니다. 지난 4년의 시간으로 돌아가 보겠습니다.

처음 그날은 한 해가 저물어 가는 12월 하순의 밤이었습니다.

앙상한 겨울나무는 엄동의 땅을 지키고, 세찬 겨울바람은 메마른 하늘을 휘달립니다. 나는 사무실에서 잡다한 것을 정리하고 있는데 팀장의 전화가 왔습니다. 시간이 되느냐며 뒤편 면장 댁에서 차 한잔하자고 합니다. 늦은 밤에 무작정 남의 집을 방문해도 괜찮을까 속으로 생각하며 그냥 따라나섰습니다.

팀장의 소개로 면장 내외분과 인사를 나누고 자리를 함께 했습니다. 팀장은 사업단에 근무한 지 2년이 지나서 그런지 두 분과 참 친근하다는 느낌을 받았습니다. 옛날 시골에서 어른들이 이웃집에 놀러간 분위기입니다. 거실에는 그림이 여럿 있어서 한결 운치가 있습니다. 면장님은 칠팔 년 전에 공직을 은퇴하였고, 여사님은 문학을 좋아하는 화가입니다. 2층에 있는 화실도 구경했습니다. 노년의 삶은 이러해야 된다는 생각이 스쳐옵니다. 겨울밤에 할머니, 오누이들과 도란도란 모여 얘기를 나누는 거와 같이 우리는 정답고 포근한 시간을 가졌습니다.

전원생활의 사계는 나름대로 특징이 있지만 한결같지는 않습니다. 꽃피는 봄에서 단풍 드는 가을까지는 누구나 좋아합니다. 자연이 주는 축복을 즐길 수 있으니까요. 식물이 꽃피고 성장하고 열매 맺는 것을 관찰하는 것도 무지 재미있고 보람을 느낍니다. 자연이 주는 세상과 만나면 자연에 동화되는 삶을 살 수밖에 없습니다.

그렇지만 겨울은 다릅니다. 겨울은 추워서 싫은 면도 있지만 모든 것을 내려놓아야 하는 계절이기에 마음이 좀 외롭고 쓸쓸함을 줍니다. 겨울 풍광은 앙상한 나무들이 대변해주듯이, 지나온 여름의 왕성한 삶은 간데없고 불어오는 바람까지도 거칠게 느껴지기에 어딘가 한 곳이 허전합니다. 겨울은 활동을 멈추고 관조하며 봄을 준비하는 동면의 시간입니다. 사람들은 겨울이 주는 묘미나 교훈을 깊이 인식하지 않기에 그저 황량함이나 척박함을 느끼는 것 같습니다.

나는 따스하고 미려한 면장 댁 전원주택을 보아오면서 한 가지 얻은 것이 있습니다. 이 전원주택이 겨울에도 괜찮기는 한데 타 계절에 비하여 차이가 많다는 것을 느꼈습니다. 전원주택은 겨울에 선택해야 합니다. 우리나라 농촌은 어디를 가나 봄·여름·가을은 너나없이 좋습니다. 꽃과 신록, 단풍이 주는 풍광에 취해서 내면의 어려움을 느끼지 못합니다. 하지만 겨울은 화려한 전원주택의 이면의 세계를 알려줍니다. 겨울철에 마음에 드는 곳이라면 사계절이 다 좋을 것입니다.

사월이 오면 전원주택 나무들이 꽃으로 봄을 알려줍니다. 싱그러운 신록의 계절과 더불어 텃밭에는 금계국·수레국화·개양귀비·튤립이 꽃을 피우며 세상을 황홀하게 만듭니다. 이때를 놓칠세라, 우리 사업단 직원들은 꽃의 화려함에 감탄하며 추억을 담습니다. 서늘한 바람이 불어오면 텃밭은 어느새 배추·무·들깨가 자라고 주변에는 코스모스가 피어납니다. 봄에서 가을까지 꽃이 늘 피어있습니다. 전원주택 베란다에도 화분에 핀 꽃이 방긋 웃습니다.

이 모든 꽃이 그냥 피고 지는 것이 아니라 여사님이 가꾼 사랑의 마음입니다. 화가인 사모님은 자연을 무지 사랑합니다. 꽃들이 알려주어서 그렇습니다. 세상에는 아름다움이 많지만 화실에서 그림을 그리고 텃밭에서 꽃과 채소를 손질하는 여인의 모습이 참 아름답지요. 여사님은 참 부지런합니다. 이른 아침에 일어나 텃밭과 주변을 손질하며 하루를 시작합니다.

나는 개천을 따라 산책하면서 이 전원주택에는 도둑이 들지 않을 거라는 생각이 들었습니다. 왜냐면 전원주택 주변이 상상할 수 없을 정도로 정갈하게 잘 가꾸어져 있어서, 지나가는 사람에게 그런 마음 자체가 생기지 않을 것이기 때문입니다. 우리가 잘 아는 깨어진 유리창 이론과 같습니다.

"한적한 골목에 보닛을 열어놓은 채 두 대의 자동차를 놔뒀습니다. 그중 한 대는 유리창을 조금 깨뜨려놓았습니다. 1주일 동안 지켜본 결과 뜻밖의 일이 벌어졌습니다. 유리창이 온전한 차는 처음과 별로 달라지지 않은 채 그대로 있었으나, 유리창이 조금 깨진 차는 고철과 다름없이 엉망으로 파손되어 있었습니다. 다른 유리창까지 몽땅 파손되고 낙서투성이에 배터리, 타이어까지 없어져 버렸습니다."

환경이 깨끗하면 사람의 마음도 깨끗해집니다. 전원주택에는 나무가 많이 있습니다. 나무이름을 아는 것도 있고 생소한 것도 있습니다. 나무마다 이름을 붙여 놓았습니다. 왜 이름을 붙여 놓았을까? 면장 내외분은 지인이 많고 또한 전원주택이 아름다워 찾아오는 손님이 많습니다. 오는 사람마다 나무이름을 물으니 쉽게 알라고 이름을 달아 놓았을 수도 있고, 나무를 남달리 아끼고 사랑하기에 나무마다 이름을 붙여 놓았을 수도 있습니다.

전원주택 초입에 자두나무 두 그루가 있습니다. 여름이면 자두가 탐스럽게 열립니다. 한두 번 따먹은 적은 있지만 이름을 붙여놓아서 그런지 따고 싶은 마음이 없습니다. 지날 때마다 그저 보는 것만으로 족합니다. 그 옛날 시골에서는 어디에 과일나무가 있는지를 다 아니, 언제 과일을 따먹을까를 생각하며 다녔지요. 과일나무에 이름을 붙여놓으니 그것을 바라보는 마음이 달라집니다.

우리 사업단 직원들은 짬이 나면 전원주택 옆 개천을 따라 산책합니다. 때로는 홀로, 어떤 때는 두세 명이 정답게 얘기를 나누며 걸어갑니다. 마치 아리스토텔레스가 학원 안의 나무 사이를 산책하며 제자들과 대화하는 소요학파 같습니다. 전원주택 주변은 여러 직원이 잠시 업무를 내려놓고 망중한을 즐기는 장소입니다.

전원주택은 안과 밖이 차이가 많이 납니다. 밖에서 보이는 전경과 안에서 보는 전망은 또 다른 느낌을 줍니다. 위치에 따라서도 느낌의 차이가 상당합니다.

어느 가을날, 나는 구절초가 흐드러지게 핀 전원주택 뜰 가운데에 서 있었습니다. 저 멀리 고속도로를 달리는 차는 시간의 흐름을 느끼게 하고, 녹음이 우거진 산과 구름 한 점 없는 하늘은 시간이 멎게 합니다. 같은 곳에서 동시에 사방을 바라보는데 우주 속을 넘나드는 것 같습니다.

이제 나는 그렇게 갈망하던 전원주택의 실체를 조금은 알 것 같습니다. 깊은 밤에 개천을 따라 산책하면서 어둠의 적막이 무엇인지도 알았습니다. 전원생활은 생각대로 되는 것이 아니라, 부지런함이 없으면 즐길 수가 없다는 것도 알았습니다. 삶은 꿈과 현실이 조화되어야 행복합니다. 전원생활의 추억을 담아가면서, 면장님 댁에 날마다 새로운 날이 되고 행운이 가득하기를 빌어봅니다.

꽃과 벌

꽃 피는 봄 4월 하순으로 접어들면, 복사꽃 향연이 펼쳐지는 무릉도원이 있습니다. 그곳은 네 번의 봄을 맞으며 보아온 충북 음성군 감곡면 오궁리 일대입니다. 길 따라 지나가면 들판이 온통 연분홍색 복숭아꽃으로 물들어 있습니다. 일찍 퇴근하던 날, 차에서 내려 복사꽃에 매료되어 있는데 벌들이 꽃에 파묻혀 꿀을 채취하느라 정신이 없습니다. 꽃가루로 범벅이 된 벌들을 보고 있으니, 꽃과 벌은 환상적인 파트너라는 생각이 듭니다.

그 옛날 시골에는 집집마다 꽃밭이 있었습니다. 마당 한쪽이나 뒤뜰에는 아이들이 가꾸는 아담한 꽃밭이 자리합니다. 어느 집이나 꽃의 종류는 별반 차이가 없습니다. 흔한 꽃으로는 봉숭아, 채송화, 나팔꽃, 맨드라미, 해바라기, 코스모스 등이지요. 국화, 작약, 목단 등 다년생 꽃은 특별한 꽃입니다.

그런데 꽃이 피면 어김없이 벌이 날아옵니다. 벌은 꽃의 아름다움보다는 꿀을 모으기 위해서 꽃으로 몰려듭니다. 꽃에는 꿀이 많은데 꽃가루가 꿀입니다. 꽃 속에 벌이 들어가 꿀을 채취하는 것을 보면 참 신기합니다. 벌은 꿀 채취에 정신이 없어서 누가 보든 상관하지 않습니다.

꽃과 벌이 함께하는 것을 보면 청춘남녀가 사랑을 나누는 것 같습니다. 벌에게 사랑받는 꽃과 꽃의 향기에 취해있는 벌은 젊음과 사랑의 화신이라고 할 수 있습니다. 누가 꽃과 벌을 보고 아름답다고 하지 않겠습니까.

벌이 꽃과 꽃 사이를 돌아다니며 꽃가루를 수집하는 동안 소량의 꽃가루가 벌에서 떨어집니다. 이러한 꽃가루의 상실이 식물의 교배를 일으키게 합니다. 꽃은 벌로 인해 교배가 쉽게 이루어지고, 벌은 꽃가루로 꿀을 모읍니다. 꿀은 수천 송이의 꽃과 수만 마리의 벌이 만든 합작품입니다.

꽃과 벌은 서로에게 도움을 주고 조화롭게 살아갑니다. 그들의 만남에는 상처가 없습니다. 우리는 꽃과 벌의 관계를 되새겨보고 남에게 상처를 주지 않으면서 자신이 필요한 것을 취해야 합니다. 사람들이 꽃과 벌 같이 살면 얼마나 좋을까, 삶에 향기가 가득하겠지요.

일반적으로 식물은 봄에 꽃을 피우고, 여름에 성장을 하고, 가을에 열매를 맺습니다. 봄이 오면 대부분의 식물이 같은 시기에 꽃을 피울 것 같지만 꽃피는 시기에는 차이가 납니다. 그 시기가 다른 것은 각기 번식의 시기가 다르기 때문입니다. 이러한 특성으로 인해 자연 환경에 적응한 식물이 봄·여름·가을에 걸쳐 꽃을 볼 수 있도록 다양성을 유지하고 있습니다.

봄에 피는 꽃은 겨우내 저장했던 양분을 이용해 꽃을 피웁니다. 꽃이 피는 시기가 지나면 열매가 생겨나므로 이 시기에 꽃들은 번식합니다. 여름에 피는 꽃은 곤충들의 도움이 필요합니다. 번식을 위해 곤충들이 꽃가루를 옮겨다주길 기다리는 것입니다. 가을에 피는 꽃은 낮이 짧고 밤이 길 때 피는 단일(短日) 식물이 많습니다. 가을에는 대부분 열매가 없는 꽃들이 주를 이룹니다. 가을 동안 꽃을 유지하는데 양분을 모두 소모하기 때문입니다.

나무마다 꽃피는 시기에는 차이가 있습니다. 매화와 동백꽃은 3월 초순에 핍니다. 그 시기는 꽃샘추위도 한두 차례 남아있는 등 날씨의 변덕이 심하여 벌들이 활동하기에는 이릅니다. 벚꽃은 4월 초순이 되면 어디를 가나 활짝 피어있습니다. 그즈음이 되면 벌들이 꽃향기를 맡고 서서히 활동하기 시작합니다. 사람들은 황홀한 꽃 향연에 취해 벌에게 관심이 없어서인지 벌에 대해 잘 모르는 것 같습니다. 배, 사과, 복숭아 등 과일나무의 꽃은 4월 하순에 핍니다. 이때에 벌들이 왕성하게 활동합니다. 5월 초순에는 아카시아가, 6월 초순에는 밤꽃이 만개합니다.

사람들은 별 생각 없이 꽃이 피면 마냥 즐기지만, 철 따라 피는 꽃에는 삼라만상의 조화가 숨어 있습니다. 만약에 모든 꽃이 같은 시기에 핀다고 하면 자연의 생태계는 파멸이 올 것입니다. 꽃이 필 때 꿀을 채취하는 벌들이 그만큼 많아야 합니다. 벌의 수효가 일정한데 동시에 꽃이 피면 벌은 몇 배 이상으로 일해야 합니다. 벌은 꾸준히 일정하게 일하는 습성이 있습니다. 여러 가지 꽃이 많이 피었다고 해서 벌이 꽃마다 꿀을 전부 채취할 수는 없습니다. 여기에 오묘한 자연의 조화가 있습니다. 생각해 보면 자연계의 비밀에 탄복하지 않을 수 없습니다. 꽃들은 꽃 피는 시기가 조금씩 다르고 거기에 따라 벌들은 꽃가루를 채취합니다. 이 얼마나 아름다운 꽃과 벌의 삶이겠습니까.

벌의 종류는 다양한데 크게 꿀벌, 말벌, 땅벌로 구분됩니다. 꽃과 친근한 벌은 꿀벌입니다. 꿀벌보다는 말벌, 땅벌이 훨씬 위험합니다. 추석 무렵이 되면 "벌초하러 갔다가 벌에 쏘여 생명이 위험하다"는 기사를 종종 접할 수 있습니다.

유년시절, 나는 홀로 앞산에 밤 주우러 갔다가 땅벌 여러 마리를 보았습니다. 벌이 드나드는 구멍을 막으면 꼼짝 못할 것이라 생각했습니다. 호기심이 발동하여 벌구멍을 흙과 돌로 꽉 막았습니다. 잠잠하다가 한 10분 정도 지나니 갑자기 벌 세상이 되었습니다. 어디서 몰려왔는지 벌들은 순식간에 수백 마리가 왱왱거립니다. 피할 틈도 없이 얼굴이며 옷 속에까지 벌에게 쏘여 정신을 잃을 지경이었습니다. 처음 겪는 일이라 경황이 없었고, 너무나 많이 쏘여 아픈 줄도 모르고 집에 와서 이불을 덮어쓰고 잠을 잤습니다. 다행히 한숨 자고 일어나니 붓거나 아픈 데는 없었습니다. 그 후에 땅벌은 벌구멍이 여럿이라는 것을 알고 가슴이 쓰리도록 씁쓸했습니다.

꽃과 벌이 함께 어우러지는 모습을 볼 수 있어야 하는데 그 균형이 깨어진 것 같습니다. 그때 보았던 감곡의 복숭아 과수원에도 꽃은 눈부시도록 화려하게 피었지만 벌의 수효는 많이 줄었습니다. 벌이 점점 사라지는 자연생태계를 생각하면 너무나 안타깝습니다. 요즘 과수원에서는 벌 대신 사람이 꽃가루를 수정해 주어야 합니다. 과일은 튼실할지 모르나 자연은 척박하고 환경은 메말라 갑니다.

꽃이 군락을 이루고 벌이 군집을 이루어 서로 협력하여야 자연과 인간의 삶이 건강합니다. 아직까지 꽃은 군락을 이루는데 벌은 그렇지 않은 것 같습니다. 꿀벌이 사라지면 인류가 멸망할 것은 자명합니다. 우리는 꿀벌이 왕성하게 살 수 있도록 자연을 가꾸어야 합니다. 많은 꿀벌이 여러 가지 꽃과 입맞춤하는 날이 오기를 기대해 봅니다.

밤이 주는
축복

"밤이 좋을까, 낮이 좋을까"를 물으면, 대부분의 사람은 낮이 좋다고 하겠지요. 낮은 밝음과 활력이 넘치는 삶을 주기에 그런 것 같습니다. 하지만 개인의 삶과 사생활 측면에서 보면 밤이 깊은 의미를 준다고 봅니다.

밤은 해가 진 뒤부터 동트기 전이지만 퇴근해서 다음날 출근하기 전까지로 본다면 하루 12시간이 됩니다. 하루 8시간 잠과 휴식을 취한다 해도 4시간은 고유한 자신의 시간이 됩니다. 누구도 침범하지 않는 시간이 있다는 것은 한 개인에게는 특권입니다. 그래서 나는 밤이 좋다고 생각합니다.

가족과 떨어져 생활하다 보니, 지인들은 가끔 "밤에 무엇을 하느냐"고 묻습니다. 밤에는 잠을 자겠지만 혼자 있으니 무료한 시간을 어떻게 보내는 지 궁금해서 물어보는 것이겠지요. 신혼부부에게 밤에 무엇을 하느냐고 물으면 대답하기가 곤란한 거와 같이 사실대로 답하기가 거북할 때가 있습니다. 만일 내가 책을 읽거나 글을 쓴다고 하면 나를 어떻게 생각할까, 더욱이 무한우주와 소통하기 위해 명상한다고 하면 어울리기가 어려운 이방인으로 취급하지는 않을까 그런 생각이 듭니다. 섣불리 대답하기가 곤란하여 얼버무린 적이 있습니다.

밤에 무엇을 하는지 관심이 많아도 새벽에 무엇을 하느냐고 묻는 사람은 없습니다. 사실 나는 일찍 자고 새벽에 일어나는 편입니다. 새벽에 일어나는 것이 습관화되다 보니 새벽을 좋아하며 기다리게 됩니다. 매일 반복되는 새벽이지만 새벽은 언제나 황홀하고 묘합니다. 어떤 때는 새벽에 음악 감상도 하니 삶이 다채롭고 새롭습니다.

요즘은 저녁, 밤의 문화가 많이 변화되고 달라졌지만 직장인에게는 아직도 자유롭지 못한 것이 현실입니다. 조직에는 위계질서가 있기에 퇴근 후에도 마음대로 자신의 생활을 못 하는 경우가 있습니다. 직원간의 화합을 위한 회식이나 내방객 접대가 비근한 예가 되겠지요. 참석하기 싫은데 어쩔 수 없이 참석해야 하는 것이 얼마나 힘이 들겠습니까! 아무리 좋은 것이라도 자주 하면 싫증이 납니다. 음주를 못 하더라도 가끔 그런 자리가 마련되면 삶에 활력을 줍니다. 음주를 좋아하더라도 너무 자주 하거나 다음날 지장을 준다면 애로사항이 많을 것입니다.

이제 나는 퇴근 후에 시간을 마음대로 조절할 수 있는 처지가 되었습니다. 한편으로는 좋기도 하지만 어떤 면에서는 소외되었다고도 볼 수 있습니다. 누가 나를 소외시킬지라도 전혀 불만이 없으며, 내 시간을 갖는다는 것이 무척 좋습니다. 내가 좋아하고 터놓고 얘기할 수 있는 사람에게 소외당하지 않는다면 백번 환영할 것입니다.

삶이 다양하여 낮과 밤을 바꿔 생활하는 사람도 있지만, 사람의 일상이란 보편적으로 낮에는 열심히 일하고 밤에는 쉬어야 합니다. 쉬어야 할 시간에 자신에게 그리 중요하지 않는 것들로 시간을 보내야 한다면 얼마나 삶이 서글프겠습니까? 즐겁고 보람 있는 시간을 맞이해야 하는데 지루한 시간을 보낸다면 얼마나 인생을 허비하는 것이겠습니까?

늦은 밤, 화려한 네온사인은 청춘을 유혹하고 거리의 사람들은 아직도 밤의 문화에 취해있는 도심을 지나갈 때가 있습니다. 술에 반쯤 취해있는 저들이 한심하기도 하고 안됐다는 생각이 듭니다. 나도 한때는 그랬었는데, 그때와 지금은 문화의 차이가 많아 단순 비교하기는 어렵겠지만 추억보다는 후회가 더 많습니다. 한편으로는 젊은 날에 에너지가 많아 밤의 문화를 즐긴다고 이해할 수 있습니다. 인생에 있어 가장 빨리 지나가는 것이 청춘인데, 그렇지만 가장 중요한 것도 청춘의 시절입니다.

　나는 주말에 집에 있으면 자주 낮잠을 즐깁니다. 낮잠을 자고 밤에 잠잘 시간이 되면 바로 잠이 드니, 아내와 아들들은 누우면 잠잔다고 낮에는 핀잔주고 밤에는 부럽다고 합니다. 기쁠 때나 슬플 때, 즐거울 때나 괴로울 때는 잠을 이루기가 힘듭니다. 감정의 기복이 심하면 불면의 밤을 보내야 합니다. 잠 못 이루는 밤은 고통이기도 하지만 피곤하여 삶에 장애가 됩니다. 밤에 잠 잘 자는 것만으로도 인생에 있어 밤이 주는 축복을 받는 것입니다.

　잠자는 것도 습관인 것 같습니다. 일찍 자면 일찍 일어나게 됩니다. 초저녁에 잠들어 새벽 2시에 일어나면 시간이 많은 것 같은데 아침이 되면 무척 피곤합니다. 내 경우에는 밤 10시에 자고 새벽 4시에 일어나는 것이 생체리듬에 잘 맞습니다. 출근하기 전까지 3시간 정도가 황금의 시간입니다. 그날 하루 개인적으로 하고 싶은 것을 다하니까요. 하고 싶은 일을 즐겁게 하고 출근하면 매사에 긍정적이고 적극적으로 임하게 됩니다. 긍정의 마음을 가지면 세상이 아름답고, 적극적인 자세를 취하면 일이 즐거워집니다.

　밤이 주는 의미는 휴식이지만 밤은 삶의 목적을 깨닫게 합니다. 밝은 낮에는 우주를 생각하거나 밤하늘 너머의 삶이 생각나지 않습니다. 일상 일이 바빠서 그럴 수도 있지만 밝음이 우리의 생각과 정서를 차단하는 것 같습니다. 온 세상이 어둠에 덮인 고요의 밤이 되면, 사람들은 무언가를 생각합니다. 그날에 있었던 일에서부터 마음만으로 그리워하는 궁극적인 꿈과 진리를 생각할 수도 있습니다. '참나'를 깨달을 수 있는 기회와 시간을 주는 것이 또한 밤이 주는 축복입니다.

어쨌든 밤이 주는 시간을 잘 보내는 것이 낮이 주는 시간을 보람되게 보내는 것입니다. 밤에 깊은 생각을 하지 않더라도 편안하게 지난밤을 보냈다면 낮에 바쁘게 일해도 삶이 즐겁습니다. 자연이 주는 밤의 시간을 사람에게 맞춘다면 진정으로 밤이 주는 축복을 누릴 것입니다.

밤은 자신을 아끼고 사랑하는 힘을 줍니다. 어둠이 내려오고 모두가 잠들어 있을 때, 홀로 눈을 감고 명상하며 오늘 의미 있게 살았는지를 반성할 수 있습니다. 이른 새벽 문밖에 나가 조각달을 본다면, 어딘가 모르게 마음이 아리지만 힘든 세상 사람들과 함께하며 살아갈 수 있습니다. 다음날 아침 아름다운 햇살이 창문을 타고 비칠 때, 하루가 도래하고 새로운 생명이 시작되었음을 의식하며 살아갈 수 있습니다. 밤이 주는 축복은 진실로 인생을 사랑하고 진정 의미 있게 사는 것입니다.

국선도 수련

　국선도는 한민족 고유의 신체단련법이자 정신수양법입니다. 우주를 하나로 보고 사람과 하늘이 상통하는 대자연의 길을 국선도라 합니다. 국선도는 산중 수련법이라 하며 무운도사, 청운도사에서 청산선사로 전수되었다고 합니다. 1967년 청산선사에 의해 산중 수련법이 사회로 보급되어 심신수련법으로서 우리나라기 수련 문화의 출발이 되었다는 것이 일반적인 견해입니다.

　내가 국선도를 하게 된 것은 이렇습니다. 2012년 11월에 사업단장이 새로 부임하고 국선도를 오랫동안 수련한 단장의 열정으로 우리 사업단에도 국선도 열풍이 불었습니다. 열풍이라기보다는 자의반 타의반으로 상당수 직원이 참여하게 되었습니다. 매주월·수·금요일 점심시간에 대회의실에서 사범 지도하에 수련을 합니다. 나는 처음에는 관심이 없어 참여하지 않았습니다.

　국선도를 하는 직원들이 좀 지루한 감은 있어도 수련하고 나면 다들 좋다고 합니다. 그렇다고 하여도 하고 싶은 마음은 없었습니다. 왜냐면 국선도나 요가와 같은 수련은 결가부좌가 되어야 할 수 있다고 생각했습니다. 모든 운동의 기본은 자세라고 생각합니다. 일반적으로 결가부좌는 스님들이 참선할 때 취하는 자세입니다. 나는 명상을 좋아하는데 결가부좌가 되지 않으니 애로사항이 많습니다.

단장을 비롯하여 몇몇 직원의 권유가 있었지만 그때까지만 해도 수련할 생각이 없었습니다. 그런데 회사 창립기념일에 당직근무를 하고 있었는데, 단장이 출근하여 공구현장 근무자와 함께 점심을 하게 되었습니다. 점심을 먹으면서 단장은 또 국선도를 하자고 합니다. 나는 결가부좌가 되지 않아 국선도 수련에 어려움이 있다고 하니, 결가부좌가 되지 않아도 괜찮다고 합니다. 망설임 끝에 국선도를 수련하게 되었습니다.

모든 운동이 그렇듯이 국선도도 준비운동, 행공, 정리운동 순서로 합니다. 1회 수련시간이 1시간 20분인데 우리 사업단에서는 시간관계상 1시간을 수련합니다. 준비운동을 배우는데 몸이 너무 경직되어 있다는 것을 바로 느꼈습니다. 어떻게 내 몸이 이렇게 굳어 있을까 돌아보게 됩니다. 국선도는 준비운동과 정리운동이 선행되어야 행공을 수월하게 깊이 들어갈 수 있습니다.

국선도의 수련체계는 크게 3단계 수련과정으로 이루어져 있으며, 각 과정마다 다시 3단계의 단법으로 이루어져 총 3단계 9단법으로 단계별로 행공 동작이 다릅니다. 행공은 크게 육체적 수련의 정각도, 정신적 수련의 통기법, 정신적·육체적 수련의 합일을 이루는 선도법으로 나눕니다. 정각도에는 중기·건곤·원기단법이 있고, 통기법은 진기·삼합·조리단법이 있으며, 선도법은 무진·삼청·진공단법이 있습니다.

국선도를 1년 반 가까이 일주일에 3번 수련해왔는데 부족한 것이 너무 많습니다. 아직도 준비운동, 정리운동의 자세가 완벽하게 된다고 볼 수 없습니다. 제일 큰 고민은 결가부좌가 잘 안 되는 것입니다. 목욕탕에 가서도 탕 안에서 자세를 취해봅니다. 처음보다는 많이 좋아졌다고 생각하는데 결가부좌를 하면 불편함을 느낍니다. 10년만 일찍이 시작했더라면 하는 아쉬움이 남습니다.

솔직히 국선도에 대하여 잘 모르기에 여기에 기술한 것은 국선도의 본질보다는 1년 반 정도 수련한 경험과 느낌입니다. 수련기간이 짧기에 국선도의 앞부분만 살짝 맛본 정도지요.

국선도의 수련은 바로 행공입니다. 행공이란 몸과 마음의 움직임 속에서 이루어 나가는 수행입니다. 한 자세로만 호흡이나 명상을 하지 않고 자세를 바꿔 수련함으로써 기혈의 흐름을 원활하게 하고 의식의 정체됨을 방지하여 깨어있기 위해서입니다. 우리는 살아오면서 몸의 균형과 의식의 흐름을 방해하는 불균형이 몸과 왜

곡된 마음의 습관을 가지게 됩니다.

이를테면 행공은 상하수도 재건공사에 비유해 볼 수 있습니다. 상하수도가 녹슬고 막히게 되면 물도 더러워지고 흐름도 약해지는 것입니다. 행공은 우리 몸의 이와 같은 기혈의 막힘과 왜곡현상들을 치유하는 데 매우 효과적입니다. 그래서 국선도를 수련하면 피가 맑아지고 기혈의 흐름이 좋아지게 되며 보다 합리적인 호흡을 할 수 있고 기운이 커져가는 것입니다.

국선도를 입문하면 수련하는 행공 동작이 중기단법 전편입니다. 몸이 굳어서인지 따라하기가 쉽지만은 않습니다. 그런데 이상하게도 하고 나면 개운합니다. 매번 행공동작을 반복하는데 동작순서도 잘 외어지지 않습니다. 그냥 사범 지도하에 수련했던 것입니다.

나는 늦게 합류하여 도복도 없이 체육복을 입고 수련했습니다. 6개월이 지나니 중기단법 후편으로 승단을 시켜주었습니다. 승단할 자격이 되는지 좀 쑥스러운 면도 있었지만 기분이 좋았습니다. 중기단법 후편은 전편이나 비슷하지만 새로운 동작이어서 신선함을 줍니다. 그 후 6개월이 지나 건곤단법으로 승단했습니다. 그때의 기분은 마치 병아리가 달걀 껍질을 깨고 나오듯이 참 묘했습니다. 성취감이라고나 할까, 새로운 것을 얻었다는 느낌 같은 거였습니다.

입문할 때는 띠가 백색이었는데, 중기단법 후편으로 승단하니 백색 띠 중앙에 황색 선이 들어가고, 건곤단법으로 승단하니 황색 띠가 되었습니다. 황색 띠를 받으니 국선도를 보는 시각이 달라집니다. 그래서 도복에 띠를 매고 경건한 자세로 국선도 수련에 임했습니다. 역시 운동이나 수련은 마음가짐과 자세가 중요하다는 것을 새삼 느꼈습니다.

국선도 수련은 행공동작을 하면서 단전호흡을 하는 것입니다. 몸 안에서의 에너지는 입으로 먹는 음식과 코로 마시는 공기를 통해 만들어집니다. 음식은 위장에서 소화된 후에 자연스럽게 소장에 있는 혈자리로 가는데 그 부위가 단전입니다. 그 다음에 코로 마신 공기를 단전으로 끌고 가면 됩니다. 그런데 단전에 의식을 집중할수록 많은 생각이 일어납니다. 회사 일에서부터 가정, 사회, 잊었던 옛날 일까지 다양하게 떠오릅니다. 국선도에 더욱 정진한다면 번뇌도 줄어들겠지요.

국선도 수련을 잘하는 것은 아니지만 시작했을 때와 비교해 보면 너무나 큰 변화가 왔다는 것을 몸으로 느낍니다. 몸의 상태는 제쳐 두더라도 심했던 코골이도 줄어들었고, 잠잘 때 입으로 숨을 쉬었는데 이제는 입을 다물고 코로 호흡합니다. 차량운행 시 신호를 받거나 누구를 기다릴 때도 자연스럽게 단전호흡을 해봅니다. 국선도는 일상생활에도 많은 변화를 가져왔습니다.

국선도를 자의적으로 했다기보다는 내게 도움을 준 두 분이 있습니다. 국선도를 끈질기게 권유한 단장님과 국선도 사범님입니다. 단장님은 본인이 좋다고 생각하는 것은 끝까지 추진하는 성격의 소유자입니다. 결과적으로 단장님이 있었기에 국선도를 하게 된 것입니다. 국선도 사범님은 여성의 아주 섬세함으로 행공동작마다 직원들의 호흡에 맞추어서 진행하며 수련을 지도해 주었습니다. 두 분께 진심으로 감사드립니다.

국선도는 몸으로 깨닫는 우주의 균형입니다. 국선도 마지막 단계인 진공단법은 산에 비유하면 히말라야 산맥의 최고봉 에베레스트 산에 견주어도 손색이 없을 것입니다. 진공단법의 경지가 어떠한지 상상할 수도 없습니다. 정각도 3단계까지만 숙달해도 국선도를 한다고 할 수 있겠지요. 나는 국선도를 계속 수련하고 싶습니다. 어려운 난관이 많겠지만 한계점까지 가보고 싶습니다.

별 보며
꿈꾸며

사람들은 꿈을 꾸며 살아갑니다. 누구나 한두 가지 꿈은 있었을 것입니다. 특히 유년시절에는 하고 싶은 것이 얼마나 많았습니까? 소박한 것에서 거대한 것까지 늘 꿈과 희망을 간직했을 것입니다.

돌아보면 내게도 꿈이 많았지만, 그 중에도 가슴속 깊이 간직한 꿈이 있었습니다. 그 꿈은 동심으로 가득한 별밤지기였습니다. 꿈이 있었기에 별들을 관찰하고 동경하며, 더 나아가 무한우주를 사유하고 그리워하게 되었습니다.

어린 시절의 생활을 한마디로 표현하자면 별 보며 자랐습니다. 동네 아이들은 추위나 더위, 계절에 관계없이 저녁이면 삼삼오오 모여 놀았습니다. 놀이를 하고 지치면 뒷산 잔디 위에 옹기종기 누웠습니다. 밤하늘을 쳐다보면 수많은 별들이 온 하늘을 수놓았지요. 어째서 밤하늘에는 별들이 저리도 많을까? 저 별들은 어디에 있으며, 그곳에는 누가 살고 있는지 무지 궁금했습니다.

학창시절에 별을 관측하고 연구하는 천문학자가 되고 싶었지만 내 주장을 관철할 용기가 없었습니다. 그 당시에는 생활여건이나 주변 환경이 직업으로서 천문학자는 환영받을 수 없다고 생각했으니까요. 장래희망에 대해 천문학자가 되고 싶다고 누구에게도 말한 적이 없지만, 마음속에만 희미하게 남아 있었습니다.

밤하늘에 별들을 가장 많이 생각하고 관찰한 것은 군 GOP에서 철책근무를 할 때였습니다. 6개월여 동안 철책근무는 내게 별자리를 관측하고 별들과 교감할 수 있는 충분한 시간을 주었습니다. 별자리의 위치만 보아도 시각을 알 수 있었으니까요.

본격적으로 별자리 공부는 경북 풍기에 위치한 중앙고속도로 건설현장에 근무할 때부터입니다. 죽령을 넘을 때마다 소백산천문대가 보입니다. 천문대를 볼 때마다 내가 일할 곳이 저기였어야 하는데 늘 아쉬움이 남았습니다.

어린 시절, 시골의 밤하늘은 별들로 가득합니다. 누가 가르쳐주지 않아도 북극성과 북두칠성을 금방 알 수 있습니다. 북두칠성은 북극성을 도는 밝은 별들로 국자 모양을 이루는 친숙한 별이어서 쉽게 찾을 수 있습니다. 북극성은 일 년 내내 밤하늘에서 볼 수 있는 북쪽 하늘의 대표적인 별입니다. 북극성을 중심으로 북두칠성

반대편에는 카시오페이아가 있습니다. 더블유(W)자 모양의 카시오페이아는 가을이 되어야 선명하게 볼 수 있습니다. 북두칠성과 카시오페이아는 동시에 보는 것이 정감과 운치가 있는데, 계절이나 시각에 따라서는 한쪽밖에 볼 수 없습니다.

그리고 북쪽 하늘의 별자리에는 용자리, 케페우스자리, 기린자리가 있습니다. 용자리는 작은곰자리를 껴안듯이 둘러싸고 있는데, 그 꼬리부분은 북두칠성과 작은곰자리 사이에 있습니다. 용자리는 매우 큰 별자리여서 찾는 데는 어려움이 없으나 워낙 크기 때문에 전체를 찾아 연결시키기는 그리 쉽지 않습니다. 케페우스자리는 북극성과 카시오페이아자리의 중간 윗부분에 오각형으로 이루어진 별입니다. 이 오각형은 시골의 작은 교회당이 거꾸로 서 있는 느낌을 줍니다.

내 기억으로는 겨울철이 춥기는 하지만 별을 더 선명하게 본 것 같습니다. 겨울 밤하늘을 쳐다보면 눈에 확 띄는 별자리가 오리온자리입니다. 오리온자리는 수많은 별자리 중에서 아름답게 어우러진 화려한 별자리입니다. 오리온자리를 보고 있노라면 아무리 추워도 하늘이 맑고 별빛이 빛나서 그런지 결코 춥게 느껴지지 않습니다. 생각해 보니, 할아버지가 무심코 삼태성이라고 가르쳐주시던 별자리가 오리온자리였습니다. 삼태성은 오리온의 허리띠를 나타내고 있기에 삼태성을 찾으면 오리온의 모습을 찾는 것은 쉬운

일입니다.

오늘날은 산업화가 급속도로 발전하여 시골에 가도 어린 시절에 비하면 별이 많이 줄어든 것 같습니다. 가로등 불빛이나 이상기후에 따라 흐린 날이 많아서 상대적으로 별이 많이 보이지 않습니다. 그 옛날에 별자리를 알고 있었다면, 흥미롭게 선명한 별자리 하나하나를 찾으며 밤하늘을 더 즐겼을 것입니다.

우리나라는 어디를 가나 천문대를 볼 수 있으며 시군단위로 사설천문대가 다 있습니다. 별을 관측할 수 있는 기구가 발달하여 누구나 별을 쉽게 볼 수 있습니다. 별에 대한 지식수준이 높아서 관심이 있는 사람은 별자리를 잘 알고 있습니다. 이런 사회생활 환경이 오히려 별자리에 대한 나의 관심과 흥미를 줄어들게 했습니다. 이제는 잠자리에 누워서 마음으로 광활한 우주를 생각하며 꿈을 꿉니다.

하루 일과를 끝내고 잠자리에 들면 바로 잠을 청하지 않습니다. 오늘 있었던 일들을 회상하고, 나와 인연이 있었던 사람들과 추억을 떠올리며, 다가오는 미지의 세계를 그려봅니다.

별은 우주에서 반짝이는 천체입니다. 천체는 우주 공간에 떠 있는 온갖 물체를 말합니다. 밤하늘에서 볼 수 있는 별은 스스로 빛을 내는 항성입니다. 항성은 온도가 높고 중력이 크기에 생명이 존재하기는 불가능합니다. 사실이 그렇더라도 별을 지구와 같은 행성으로 생각하며 별을 동경해왔습니다. 이 우주 어느 별의 빛을 받는 지구와 유사한 행성을 상상해 봅니다.

많은 생각을 하다 보면 별빛 너머의 무한우주에 빠지게 됩니다. 결론이 없는 부질없는 생각일 수도 있지만 그 시간이 즐겁습니다. 개체의 주인은 전체입니다. 별도 개체이듯이 사람도 개체입니다. 개체의 주인은 무한우주입니다. 개체도 개체의식이 있는데, 전체도 전체의식이 있지 않을까요?

별을 한 번만 생각해도 우리의 일상이 보잘것없는데, 작은 것에 집착하여 더 가치 있는 삶을 잃어버렸을 때가 있었습니다. 별을 생각하면 누구에게나 사랑을 다 주고 싶은데 때로는 그러질 못했습니다. 별은 생각하면 할수록 언제나 희망과 사랑으로 다가옵니다.

눈 감으면 밤하늘의 별자리와 수많은 별들이 나타납니다. 별빛이 빛나는 하늘을 보지 않더라도 마음은 언제나 저 하늘로 날아가고 있습니다. 별이 가득한 하늘을 지나 피안의 세계가 있다면 그곳으로 떠나고 싶습니다.

독서와 여행

삶에 있어서 기본적이고 필수적인 것이 의식주입니다. 의식주는 넘치지는 않더라도 부족하면 생활에 애로사항이 많습니다. 빈부의 격차가 의식주의 차이라고 볼 수 있습니다. 하지만 의식주가 충족된다고 해서 정신적인 삶까지 풍요로울 수는 없습니다. 인생은 물질적·정신적으로 조화로운 삶이 되어야 합니다.

정신적인 삶을 고양하기 위해서는 무엇을 해야 할까요? 예술 활동을 하고, 취미나 스포츠를 즐기고, 정신수양을 하는 등 여러 가지 방법이 있겠지만 쉽게 할 수 있는 것이 독서와 여행인 것 같습니다.

독서와 여행은 닮은 점이 많습니다. 독서는 간접경험을 통하여 자기 성찰을 할 수 있게 하고, 삶에 대한 통찰력과 안목을 길러줍니다. 여행은 삶의 반경을 떠나 객지를 유람하면서 새로운 것을 보고 드러나지 않았던 자신을 찾게 합니다.

그렇지만 독서와 여행에도 어려움이 있습니다. 아무리 독서가 좋다고 하여도 독서가 싫은 사람에게는 무용지물입니다. "평양감사도 저 싫으면 그만이다"라는 말이 있듯이, 독서도 관심이 없는 사람에게는 고역입니다. 여행이 좋다는 것은 누구나 알지만, 여행을 하자면 건강과 시간과 돈이 필요하기에 이것들이 따라주지 않으면 마음대로 할 수 없습니다.

지난 삶을 돌아보면, 독서와 여행이 내 인생에 있어서 세상을 보는 안목을 키워주고 많은 즐거움을 주었습니다. 독서는 생활이 따분할 때마다 새로운 세계를 열어주고, 그러한 것에 도취되어 일상을 잊게 해 주었습니다. 여행은 삶의 현장을 떠나 참된 고독을 맛볼 수 있는 곳으로 인도하여 자연과 조용히 대화할 수 있게 해 주었습니다. 독서와 여행에는 화려하고 벅찬 즐거움도 있지만, 언제나 잔잔한 작은 아름다움이 있습니다.

독서와 여행이 삶에 영향을 주는 것은 부인할 수 없습니다. 젊은 날에 어떠한 종류의 책을 읽었느냐에 따라 삶의 가치관이나 방향이 좌우될 수도 있습니다. 인생은 늘 꿈꾸는 것입니다. 오늘 무엇을 할까 하는 것도 하나의 꿈입니다. 꿈을 꿀 수 있게 영감과 희망을 주는 그 중심에는 지식과 지혜를 제공하는 독서가 있습니다.

새로운 곳으로 여행을 하면 세상을 보는 안목과 식견을 넓혀줍니다. 매일 마주하는 일상 환경에서 벗어나면 무엇보다 기분전환이 되고, 삶을 돌아보게 되며, 새로운 자신의 모습을 보게 됩니다. 현실에 안주했던 삶에서 새로운 사물과 사람들을 접하면서 또 다른 세상과 새로운 계획을 구상할 수 있습니다.

세상을 살다 보면 궁금한 것이 많습니다. 독서는 즐거움이 제일이지만 독서로 얻어지는 것이 훨씬 중요합니다. 여러 책을 접하다 보면 기대하지도 않았던 뜻밖의 책을 발견할 수도 있습니다. 그리고 내가 생각하지도 않았던 보배로운 지혜를 알았을 때 얼마나 흐뭇합니까. 특히 나를 위해 쓴 책이라는 생각이 들 때 살맛 나지요!

일상생활을 하다 보면 가고 싶은 곳이 많습니다. 여행은 그러한 곳으로 안내합니다. 소문으로만 듣던 곳도 직접 가보면 느낌이 천양지차입니다. 많은 사람이 좋다고 해도, 어떤 사람에게는 명성에 걸맞지 않은 곳일 수도 있습니다. 세상에 잘 알려지지 않는 곳인데, 우연히 기대하지도 않는 자연의 위용이나 아름다움을 접하게 되면 황홀감이나 횡재한 느낌을 받습니다.

나는 독서를 학문의 세세한 줄기라고 생각합니다. 학문의 목적이 진리탐구와 인격수양이라고 한다면 독서는 전적으로 이에 한몫합니다. 인류가 살아오면서 남긴 위대하고 소중한 것 중에 하나가 책입니다. 책이 워낙 많기에 책의 중요성이나 가치를 모르고 사는지도 모릅니다. 책을 통하여 옛사람과 대화할 수 있고, 현재를 살아가는 데 길잡이를 얻을 수 있습니다.

여행은 삶의 활력소입니다. 우리는 영상매체로 지구촌의 아름다운 명소나 풍광을 접할 수 있습니다. 볼 때마다 아름다움에 감탄하고 가고 싶은 충동을 느낍니다. '백문이 불여일견'이라는 말이 있듯이 직접 가봐야 합니다. 우리는 여행에서 새롭고 색다른 곳을 만납니다. 그곳에서 지난날을 돌아볼 수 있고 지금의 삶을 반성하며 에너지를 충전하고 미래를 그려볼 수 있습니다.

독서와 여행은 푸른 초원과 바다처럼 끝없이 펼쳐지는 무한의 세계입니다. 독서는 양과 질이 천차만별이어서 책 선택에도 어려움이 많습니다. 그동안 내가 읽은 책을 생각해 보면 몇 권인지도 모릅니다. 그 중에서 애독서를 꼽으라면 주저합니다. 책은 그 나름대로 가치가 있기에 어느 책이 가장 좋다고 말할 수는 없습니다.

여행은 좋은 곳이 많아서 어디가 가장 좋다고 말할 수는 없습니다. 그때의 풍광에 취하고 매료되어 여기서 시공이 멎었으면 하는 바람이 있었다면, 그곳이 여행의 극치일 것입니다. 여행을 하다 보면 부수적으로 얻는 것이 많습니다. 목적지로 가는 여정에서 스쳐 가는 풍경이나 풍물이 하루하루가 삶을 이어주듯 알게 모르게 소진된 에너지를 채워주고 삶에 활력을 줍니다.

독서는 보물 창고와 같습니다. 책 속에는 다양한 정보와 필요한 지식이 다 들어 있습니다. 그 속에는 꿈과 향기가 있으며, 아름다운 글과 지혜로운 사람이 있습니다. 만나는 많은 사람 가운데 소중한 벗이 필요하듯이, 많은 책이 필요한 것은 아니지만 인생여정을 이끌어줄 책은 분명 필요합니다. 자신이 원하는 대로 사는 사람은 드물고, 누구나 꿈꾸는 이상은 있지만 이루어지기가 어렵습니다. 그러기에 책 속에서 이를 보완해 줄 보물을 찾아야 합니다. 하지만 그 보물은 쉽게 얻어지는 것은 아닙니다. 각고의 노력으로 독서를 하다 보면 자연스레 보물이 보이게 됩니다. 우리는 필요한 보물을 찾아 적재적소에 사용하기 위해 독서를 하는지도 모릅니다.

여행은 만물창고와 같습니다. 우리 사는 세상, 지구촌이 다 여행지입니다. 창고에 만물이 가득하다고 해도 이를 사용하지 않는다면 무용지물이 되겠지요. 우리 앞에 놓여 있는 여행지는 그것을 활용하는 자의 것입니다. 아무런 계획 없이 여러 곳을 주유하는 것도 나쁘다고 할 수는 없지만, 그래도 여행은 목적이 있으면 더 알찬 삶이 될 것입니다. 문화유적을 둘러보고 옛사람의 향기를 느껴본다든가, 천하절경에서 자연의 아름다움을 만끽한다든가, 세상을 주유하며 풍물과 풍습을 체험하는 등 다양한 목적이 있을 수 있습니다. 모든 곳을 다 여행할 수 없기에 여행자의 마음이 자유·사랑·추억 등 어느 것을 갈망한다 해도 그 나름대로 의미가 있으며, 한 방면으로 집중하면 전문적인 새로운 세계가 쌓일 것입니다.

독서와 여행의 가장 큰 덕목은 즐거움입니다. 삶이 즐겁지 않으면 이것들을 하기가 어렵습니다. 독서와 여행의 좋은 점은 홀로 즐길 수 있다는 것입니다.

독서는 일상이 무료하거나 한가할 때 삶을 넉넉하게 합니다. 자연이 아무리 아름답다고 해도 사람이 없으면 의미가 없습니다. 세상에는 수많은 사람이 있지만 나와 생각이나 이상이 같은 사람은 극소수에 불과합니다. 특히 가까이서 보며 교류할 수 있는 사람은 더욱 적을 것입니다. 독서의 즐거움은 책을 통하여 마음의 위안과 치유를 받을 수 있고, 세상을 보는 시야가 넓어지며, 따스한 감성을 회복하는 것일 수도 있습니다. 우리가 마음에 드는 사람과 사귀듯이, 자신이 필요한 분야의 책을 고르고 좋아하는 작가를 선택하여 보이지 않는 대화를 할 수 있다는 것이 독서의 가장 큰 즐거움이 아닐까요.

여행은 삶에 지쳐 에너지를 소진했을 때 심신을 충전해줍니다. 일이 중요하다고 해도 휴식 없이 일할 수 없듯이 일상생활에도 어쩌면 여행은 필요불가결한 것입니다. 여행의 즐거움은 일상에서 벗어나 현실을 잊고 방랑의 기쁨과 유혹, 모험심일 수도 있습니다. 여행의 참모습은 어떤 의무나 제한된 시간도 없고, 누구의 도움과 감시하는 이웃도 없고, 환영하는 사람도 목적지도 없는 나그네의 길일 수도 있습니다. 우리는 여러 사람과 같은 여행지를 보고 대화를 나누는데, 보고 느낀 것이 너무나 상이할 때가 있습니다. 여러 사람이 함께하는 여행도 좋지만, 홀로 마음대로 하는 여행이 진정한 여행의 즐거움을 주지 않을까요.

독서와 여행은 사색입니다. 사색을 통하여 자신의 내면을 들여다보며 삶을 관조할 수 있습니다. 독서와 여행으로 채워진 삶은 그 어떤 성공보다도 보람이 있고 아름다움이 있으며 즐거움을 보태줍니다.

인생의 향기

사람에게 향기가 있다면 어떤 향기가 날까요? 그 향기는 아름답고 좋은 냄새지만 어떠하다고 단정 지을 수는 없습니다. 특히 인생의 향기는 꽃처럼 피었다가 지는 것도, 향수처럼 만들어진 것도 아닌 그 사람만이 지니는 고유한 멋과 맛일 겁니다.

나는 김나미 작가의 《탐욕도 벗어 놓고 성냄도 벗어 놓고》를 읽고 무한한 감동으로 한동안 그 느낌과 여운에 취해있었습니다. 인생에 향기가 있다면 이런 것이 아닐까 하는 강렬한 느낌을 받았습니다. 이 책에 나오는 다섯 도인의 이야기는 현대를 살아가는 사람들에게 분명 삶의 의미를 전해줍니다. 작가는 도인의 기준을 "자신만의 독특한 방법으로 세상 사는 법에 통달한 사람, 없어도 만족하고 혼자 행복을 만들어 내는 사람, 세상 것에 연연하지 않는 사람들"로 규정하고 있습니다. 또한 작가는 도인들이 하는 말은 "지금, 이 순간을 살아라!", "세상을 다 버려라!"라는 두 마디로 통일되었다고 합니다.

책을 읽는 내내 다섯 도인에게서 당연히 인생의 향기를 느꼈지만, 시간이 갈수록 작가에게서 더욱 진한 향기를 느낍니다. 작가는 종교의 벽을 넘어 구도하고 수도하는 사람들을 취재해 온 종교 전문 칼럼니스트이자 종교학자입니다.

나는 작가를 직접 만나보지도 못했으며 몇 권의 책을 통해 알고 있는 정도이기에 작가의 삶을 자세히는 모릅니다. 그렇지만 작가가 주는 향기는 백리향처럼 멀리 퍼지며 가슴속으로 진하게 때로는 은은하게 다가옵니다. 작가의 글은 많은 사람을 취재하고 직접 체험한 것이기에 선명하고 생생하게 다가옵니다. 종교체험, 신앙공동체, 성직자와 관계된 글을 쓰기에 나는 작가의 삶을 무척 동경합니다. 또한 내가 알고 싶은 것, 내가 한 번쯤 가고 싶었던 것이기에 인생의 향기를 느끼지 않을 수 없습니다.

작가를 생각하면 서정주 시인의 〈국화 옆에서〉가 떠오릅니다. 작가는 내 누님같이 생긴 꽃이며 노란 국화꽃 향기가 납니다. 소쩍새가 울고 천둥이 치는 등 인고의 세월을 겪고 피어난 한 송이 국화꽃입니다.

인생의 향기는 정의하기 어렵습니다. 인생의 향기는 그저 느낌만으로 다가올 뿐입니다. 향기가 난다 해도 그 가치나 수준이나 등급은 매길 수가 없습니다. 인생의 향기는 주변 사람들에게 전해지는 그 사람만의 독특한 삶의 체취가 되겠지요.

어떤 사람의 내면세계는 본인 외에는 잘 알 수가 없습니다. 안다고 해도 피상적으로 아는 정도입니다. 우리는 다른 사람에 비해 조금은 더 성공하고 더 많은 것을 얻고 존경까지 받는 사람들을 봅니다. 그러던 사람이 한순간의 실수나 과거의 좋지 못한 일로 인해 추풍낙엽처럼 추락하는 경우를 종종 봅니다. 안타깝지만 그러한 사람에게서 향기를 느낄 수는 없습니다. 인생의 향기는 한순간에 날아가기는 쉽지만, 다시 향기를 발산하기는 어렵습니다. 인생의 향기는 꽃 피면 나고 꽃 지면 사라지듯 하는 것이 아니라, 작은 삶이 더해진 긴 인생의 여정에서 나오는 진실한 생명력입니다.

사람들은 정치인이나 고위 공직자를 존경하고 선망합니다. 그 중에는 사회적으로 존경받아야 될 사람들이 많지만 국회인사청문회에 한정해서 본다면 하나같이 흠결이 많은지 알다가도 모르겠습니다. 살아온 삶이 알려지지 않았을 때는 향기를 물씬 풍기는 것 같았는데, 이력이 공개되니 좋지 못한 냄새로 변해버립니다. 이는 당사자의 잘못이 크지만 우리 사회의 토양이 일부 국민성이 오염되었기 때문입니다. 오염된 토양에서 자라게 된 식물에 비유되지 않을까요?

누구나 하나쯤 잘못이나 허물이 있을 수 있습니다. 인사청문회에서 국민의 지탄을 받는 사람이 사회에 기여하고 열심히 살았다고 해도, 자신에게서 인생의 향기가 난다고 해도 사람들은 그러한 향기를 싫어합니다. 그들에게도 인생의 향기는 있겠지만 향기에 등급이 있다면 그 향기는 급이 낮은 향기일 것입니다.

인생의 향기는 정의하기도 어떠해야 한다고 논하기도 거시기합니다. 삶이 바쁘고, 힘들고, 고달프고, 치열하고, 험난한 세상에 젊은이들은 인생의 향기 따위를 생각할 겨를이 없겠지요. 지천명의 나이가 되어 주요 일에서 은퇴해야 할 시기가 오면, 자신의 삶을 돌아보고 인생의 향기를 생각해 보는 것도 괜찮을 것 같습니다.

누구나 자신의 인생을 돌아보면 자랑하고 간직하고픈 보람도 있지만, 숨기거나 지워버리고 싶은 상처나 수치심도 있을 것입니다. 어떤 사람은 "인생에 향기가 있겠어!"하며 비웃거나, "개떡 같은 내 인생 돌아보면 뭐하나!"하며 자신을 비하할 수도 있습니다. 그렇지만 인생은 지난 세월보다 앞으로의 삶이 훨씬 중요합니다.

인생의 향기에 대해 말로 표현할 수는 없지만 인생의 후반기에 향기로운 삶을 살자면, 무엇보다 인생의 전반기를 돌아봐야 될 것 같습니다. 지나온 삶에서 적극적이고 긍정적인 삶이 있었다면 앞으로도 더욱 그렇게 살아가는 것이 현명합니다.

또 하나의 방법은 지난 삶을 역으로 사는 것입니다. 어리석었다면 지혜롭게, 게을렀다면 부지런하게 살면 됩니다. 비굴했다면 당당하게, 오만했다면 겸손하게 살아야 합니다. 어떤 사람을 비난하고 무시했다면 칭찬하고 존경해보면 어떨까요. 지연, 학연, 혈연에 갇혀 있었다면 공평하고 조화롭게 가슴을 열어 놓으면 될 것입니다. 지독히 미워했던 사람이 있었다면 시원하게 용서하고 사랑하는 것이 좋지 않을까요. 비정상적으로 부도덕하게 부를 얻었다면 사회에 환원하는 것이 살짝 금간 마음을 치유할 수 있습니다. 종교에 관심이 없었다면 종교를 믿어보고, 종교에 귀의하고 있다면 타 종교도 이해하는 것이 신에게 더 가까이 다가갈 수 있습니다.

인생의 향기는 자신이 고르고 가꾸고 만드는 것입니다. 햇빛은 세상을 골고루 비추어 줍니다. 비는 만물을 차별하지 않고 내립니다. 들꽃은 망가져도 자연을 원망하지 않습니다. 그렇지만 천지는 선하지만은 않습니다. 이웃을 생각하고 가끔 보살펴준다면 인생의 향기는 더욱 아름다울 것입니다.